Christine Bendik ❖ *Katie Schweitzer*

Raben vergessen nicht

Impressum:

Herausgeber: Christine Bendik
c/o Papyrus Autoren-Club
R.O.M. Logicware GmbH
Pettenkoferstr. 16-18
10247 Berlin

Alle Rechte vorbehalten
Autorinnen: © 2016 Christine Bendik; Katie Schweitzer
Cover: © Shutterstock
Aquarell Rabe: © Susanne Schweitzer

Lektorat: Christina Hornung

Originalausgabe

Herstellung und Verlag:
BoD – Books on Demand, Norderstedt

ISBN   978-3-8391-7055-7

Inhalt

Raben vergessen nicht

Ein Junge will anerkannt werden und klettert auf einen Hochspannungsmast. Doch er hat nicht mit der Rache der Raben gerechnet.

Wilde Wichtelweiber

„Die meisten Leut sterben an Weihnachten". Krankenschwester Anja traut der Statistik nicht und geht dem Sterben in der Klinik auf den Grund.

Brigitte will nicht auf den Westerwald

Brigitte betet, dass sie ihre Verwandten nicht besuchen muss. Doch ihre Eltern bestehen auf ihrer Teilnahme. Die Ereignisse auf dem Hof werden sie auf ewig mit Schuldgefühlen belasten.

Komplementärfarben

Iris wagt nicht, ihrer Erbtante zu beichten, dass ihr die teuren Geschenke nicht gefallen. Als die Tante ins Pflegeheim muss, verkauft sie das meiste. Bei der Testamentseröffnung erlebt sie eine Überraschung.

In der Falle

Forstrat Münst erwischt einen Wilderer und muss eine Entscheidung treffen, die seine Zukunft bestimmen wird. Doch es kommt etwas dazwischen und macht seine Pläne zunichte.

Allein unter Wölfen

Model Seanna fürchtet sich vor den Menschen und verkriecht sich in ihrer Wohnung. Das Auftauchen eines alten Freundes sorgt für eine Wende in ihrem Leben.

Gefangen

Rosi verirrt sich in einem Kellergang und trifft eine alte Bekannte wieder. Wird sie ihr helfen, den richtigen Ausgang zu finden?

…weil unsre Augen sie nicht sehn!

Nach einer Gewalttat wird ein Schüler von einer Psychologin befragt. Im Gegensatz zu den Lehrern erkennt sie die Not, die ihn zum Täter werden ließ, und verhält sich unprofessionell.

Das Verhör

Kriminaloberkommissarin Birgit Mühlberg verhört Helen, die verdächtigt wird, 4 Babys umgebracht zu haben. Sie will die Motive verstehen, doch Helen weigert sich, ihre Beweggründe zu nennen. Als sie endlich mit der Wahrheit herausrückt, trifft Birgit eine Entscheidung, die ihr eigenes Leben verändern wird.

Otto hat Hunger

Seit Stunden sitzt Kay am Fenster. Doch seine Frau Leni lässt sich Zeit mit dem Wochenend-Einkauf. Was wäre, wenn sie nicht wiederkäme?

Warte im Phillies auf mich

Simone landet spät in der Nacht auf einem verlassenen Bahnhofsvorplatz. Keine Spur von ihrem Mann, der sie abholen wollte. Bevor sie Schutz im Phillies suchen kann, schließt das Lokal, die Lichter verlöschen, und sie steht allein in der Dunkelheit.

Für Schwiegersö(h)ne verboten

Hannos Opa hat für sich und seine beiden Enkel ein Refugium erschaffen, das ein Geheimnis birgt, welches nach seinem plötzlichen Tod zu einer Katastrophe führt.

Agoraphobie

Eine Frau hat ein Trauma erlebt. Sie überwindet sich, an den Platz des Geschehens zurückzukehren. Sie wird ihre Ängste für immer hinter sich lassen.

Skandal um Susi

Manchmal genügt ein Telefonat, um zwischen Freundinnen Zwietracht zu säen.

Flamingos im Okavango-Delta

Julia pflegt seit Jahren ihren Vater. Völlig überlastet bittet sie ihre Brüder um Unterstützung. Als diese sie im Stich lassen, trifft sie eine Entscheidung.

Katie Schweitzer

Raben vergessen nicht

„Guck mal, Jutta, ein Elefant."

Mein Blick folgte Connys ausgestrecktem Finger zu den Wolken, die sich wie Schlagsahne am Himmel aufplusterten.

„Und die Wolke dahinter sieht aus wie ein Jäger mit Gewehr." Ich grub meinen Kopf wieder in Connys Armbeuge und atmete seinen Geruch nach Sonnencreme, Schweiß und Sex tief ein.

Ein sonnenwarmer Wind schaukelte die Wolkenbilder am Himmel entlang und föhnte Gold- und Silbertöne in die Weizenfelder und Wiesen, die sich vor uns erstreckten. Wir lagen am Waldrand Haut an Haut auf einer Decke im Schatten der Bäume. In der Ferne grummelte ein Donner. Hummeln und Bienen summten durch die nachmittägliche Hitze, rasteten auf einer Blüte und waren von neuem unterwegs. Die Luft vibrierte. Sie war erfüllt vom Rauschen in den Baumwipfeln, dem Zirpen der Grillen und dem Knistern der Stromleitungen hoch über uns, auf denen eine Schwalbenschar ihre Reiseroute diskutierte.

Mir war elend zumute, denn es war unser letzter Tag, morgen würde Conny weit weg von mir seinen Zivildienst antreten.

„Bleib mir treu", flüsterte er dicht an meinem Ohr. „Ich bin schneller wieder da, als du denkst. Ganz bestimmt."

Als hätte sie jemand aufgescheucht, flatterten mehrere Raben wild krächzend himmelwärts, tobten um den Hochspannungsmast wenige Meter neben uns, erschreckten die Schwalben und schossen im Sturzflug zurück in den Wald, wo sie noch eine Weile krakelten. Die Schwalben nahmen nach einigem Hin und Her ihre Sitzplätze wieder ein und setzten ihr Palaver fort.

Jedes Mal wenn ich an jenen Sommertag mit Conny denke, stiehlt sich eine andere Jungengestalt in meine Erinnerung.

Philipp hieß er. Philipp Meister. In der Schule nannten wir ihn Fipps nach dem boshaften Affen in Wilhelm Buschs Bildergeschichte. Hatte er uns Mädchen in den ersten Schuljahren gekniffen und an den Haaren gezogen, zischelte er uns inzwischen Ferkeleien zu oder kam von hinten und fasste uns an die Brüste. Wir hassten ihn, wünschten Jahr für Jahr, dass er rausgeschmissen würde oder zumindest sitzen bliebe, doch es sah so aus, als würden wir im nächsten Sommer gemeinsam den Abschluss machen.

Jetzt schob sich sein Schatten über uns. Seine Beine mit den knochigen Knien begannen in zerfransten Shorts und endeten in ausgetretenen Turnschuhen. Aus einem hellgrünen T-Shirt stachen seine mageren Arme hervor. Seine Stimme triefte vor Hohn, als er fragte:

„Wenn ich verspreche, nicht zu verraten, dass ihr's miteinander treibt, lasst ihr mich dann mitmachen?"

„Hau bloß ab!", knurrte Conny und zog sich sein Handtuch über den Sccchoß.

Ich drehte mich auf den Bauch, und obwohl ich wusste, dass Fipps gegen Zurückweisungen immun war, versuchte ich, ihn zu ignorieren. Er baute sich vor uns auf, in einer Hand schwenkte er einen Rabenkadaver.

„Hier, hab ich geschossen!"

„Igitt!" Ich warf mich zur Seite und wollte weglaufen. Conny hielt mich fest, wickelte mich in mein Handtuch und legte seinen Arm um meine Schultern.

„Angeber!", sagte er, „du hast doch gar kein Gewehr."

„Aber das hier!" Mit der anderen Hand angelte Fipps einen Zwillich aus der Hosentasche und hielt ihn Conny hin. „Die Kiesel flutschen wie geschmiert, willst du mal?"

Ich lachte verächtlich: „Du schießt mit Sicherheit daneben. Nicht mal einen Ball kannst du fangen, und wenn du an die Tafel schreibst, bricht jedes Mal die Kreide ab."

Fipps beugte sich zu mir herunter, so weit, dass ich seinen unangenehmen Atem roch.

„Kann ich wohl. Soll ich vormachen?"

„Ja, ja, schieß doch eine Schwalbe von der Stromleitung", schlug Conny vor und nagte an einem Blatt Sauerampfer. Fipps' Blick wanderte am Hochspannungsmast hinauf und blieb an der Vogelschar hängen.

„Die sind zu weit weg."

„Dann kletter' doch hoch", forderte ich ihn auf, fest davon überzeugt, dass er es nicht wagen würde.

„Und? Krieg ich dann was von eurem Vesper ab?" Er zeigte auf meinen Rucksack.

Ich nickte. Widerwillig. Wir würden ja sehen!

Er ließ den Kadaver fallen, steckte den Zwillich in den Hosenbund, erklomm den Betonfuß des Mastes, griff in die Streben und begann, im Innern des Metallgiganten hochzuklettern.

„Hej!", protestierte Conny, „das ist verboten. Mach keinen Scheiß!"

Eine Windbö zerriss seine Worte. Vermutlich hatte Fipps sie nicht gehört, denn er kletterte weiter.

Ich formte meine Hände zu einem Trichter. „Philipp, lass das!"

Fipps wand sich zwischen zwei Eisenstangen hindurch auf die Außenseite des Mastes und kletterte Strebe für Strebe nach oben. Mit Herzklopfen sah ich zu, wie sich der Abstand zwischen ihm und den Stromleitungen verringerte. Conny neben mir atmete heftig.

Zu spät nahmen wir die drohenden Wolkenmassen wahr, die hinter dem Wald hervorgequollen waren und nun die Sonne verdunkelten. Der Wind war stärker geworden. Er orgelte im Wald, zauste die Baumwipfel, riss Blätter und kleine Äste ab und peitschte mir die Haare vor die Augen. Angst kroch in mir hoch, ich begann zu frösteln. Wieder versuchte ich, Fipps durch Rufe zu erreichen:

„Komm runter! Die Vögel sind weg."

Er reagierte nicht. Conny und ich schrien gemeinsam:

„Phi-lipp, komm runter!"

Er hielt an. Gott sei Dank! Jetzt würde er den Rückzug antreten.

Stattdessen schaute er nach oben zu den Querverstrebungen mit den anmontierten Leitungen. Noch einen Schritt höher, und er hatte den Ausleger erreicht. Er setzte einen Fuß darauf. Wie in Zeitlupe zog er den zweiten nach.

„Er ist total verrückt, der Idiot", keuchte Conny. Ich biss mir auf die Lippen, bis ich Blut schmeckte.

Fipps stand jetzt auf einem waagerechten Eisenträger. Seine Gestalt hob sich wie ein Scherenschnitt vor dem schwarzgelben Hintergrund ab. Mit einer Hand hielt er sich am Mastgestänge fest, mit der anderen Hand winkte er, drehte sich zu unserer Erleichterung um und schien absteigen zu wollen.

Plötzlich waren sie da, die schwarzen Vögel. Drei oder vier waren es, die auf Fipps zuschossen, ihn umkreisten, ihn angriffen, wieder und wieder. Mit einer Hand schlug er nach ihnen - ohne Erfolg. Einer der Vögel setzte sich auf seinen Kopf, hieb auf ihn ein. Fipps schwankte, ein Fuß trat ins Leere, seine Hand rutschte vom Gestänge ab.

In diesem Moment zerhackte ein Blitz die schwefelfarbene Finsternis und ließ den Mast silbern aufleuchten. Das Krachen des Donners durchschüttelte uns. Sturmböen rüttelten an den Stromleitungen, mittendrin Fipps. Er fand keinen Halt, ruderte mit den Armen und stürzte in die Leitungen. Ein grellblauer Lichtbogen blendete mich. Ich hörte ein unheimliches Prasseln und einen Schrei, der mein eigener sein musste. Connys Fingernägel gruben sich in meine Schulter. Es war, als würde die Welt den Atem anhalten. Dann flog etwas von oben herunter, stieß an den Mast und wurde weggeschleudert. Wenige Meter vor uns schlug ein groteskes Bündel auf, schwarz, rot, dazwischen etwas Weißes, Spitziges und ein paar grünliche Fetzen. Der Geruch nach verbranntem Fleisch ließ mich würgen.

Nein! Nein! Das musste ein Trugbild sein. Ich schlug die Hände vors Gesicht und kniff die Augen fest zusammen. Doch als ich sie zu öffnen wagte, lag das stinkende Bündel immer noch da.

Mit einem Knall zerbarst der Himmel, Regen schwappte über uns, Blitz und Donner überschlugen sich. Um uns herum tobte die Hölle.

Weg, nur weg von diesem Ort! Wortlos und ohne uns anzusehen, zogen wir die durchnässten Kleider an und rannten davon.

Conny und ich haben uns nie wieder gesehen.

Christine Bendik

Wilde Wichtelweiber

„Zu Weihnachten sterben die meisten Leut", sagt Schwester Elli mit diesem finsteren Blick. Da wird einem ja angst und bang.

„Ist das so?", frage ich und spüre, wie mir das Lächeln auf den Lippen gefriert. Ich bin hier, um Patientenleben zu retten.

Ich mustere Elli von der Seite. Mit der neuen Frau Oberschwester werde ich nichts zu lachen haben. Ihre Haltung ist die eines Feldmarschalls.

Meine Freundin Lisa hat es besser getroffen. Sie ist in der Ambulanz gelandet, bei den jungen Assistenzärzten.

Hinter uns eilige Schritte.

„Elli, Anja, schnell". Doktor Jänsch winkt aufgeregt. „Das Lungenkarzinom auf der Siebzehn!" Wir folgen ihm ins Krankenzimmer. Zu spät. Herr Seliger starrt mich aus weit aufgerissenen Augen an. Sein Mund steht leicht offen. Er ist ganz blau im Gesicht. Ersticken ist ein schrecklicher Tod.

Lungenkrebs im Endstadium. Ich hab das hautnah miterlebt, bei meiner Omi Rose, hab ihr lang die Hand gehalten, bis es vorüber war, bis die Atemzüge ins Leere gingen. Und die Omi, die Omi war auch so blau …

Der Doktor schlägt die Bettdecke zurück, prüft die Reflexe, Puls, schaut sich die Haut des Toten an, den Bauch, die Beine. Er murmelt: „Höchstens fünf Minuten.

Ich begreife das nicht. Das Christkind war gerade bei ihm.“

Im Raum hängt ein zitronenartiger Duft, den hat wohl der späte Gast hiergelassen. Das Christkind, erklärt mir Elli, heißt Nora Bogner, ist neunzehn Jahre alt, studiert Betriebswirtschaftslehre an der Fachhochschule in der Würzburger Straße. Sie wird von der Klinik gesponsert und erfreut die Kinder, die Alten und Schwachen in der Adventszeit mit Geschenken. Angeblich soll die Aktion die Heilung fördern. Gelingt nicht immer, wie man sieht.

Jänsch stellt den Totenschein aus und geht. Elli nimmt ein Laken aus dem Schrank, doch bevor sie die Leiche bedeckt, fällt mir die kleine Einblutung an der Lippe auf. Ich weise die Oberschwester darauf hin. Sie wehrt unwirsch ab.

„Das ist nichts“, sagt sie und macht ein wenig Ordnung auf dem Nachtschränkchen und im Bad, falls noch ein letzter Besuch kommt.

Später bringen wir Seliger in die Pathologie. Elli packt mit beiden Händen das Bettende und löst die Fußbremse. Mit vereinten Kräften schieben wir den armen Teufel zur Tür hinaus. Auf Tischen steht Mittagessen unter Hauben, daneben Himbeerpudding in Sternform. Wir fädeln die Leiche zwischen duftenden Lebkuchen-Sößchen und Dampfkartoffeln durch den Endlosschlauch des hellen Flures zum Lastenaufzug. Zwischendurch bleibt Elli stehen und schaut fragend hinter die dicke Glasscheibe der Anmeldung, wo drei Schwestern an einem runden Tischchen sitzen, den ein Kiefernkranz mit roten Schleifen und vier Stumpenkerzen ziert. Sie hantieren mit seltsamen Spielkarten, die ich noch nirgendwo gesehen habe. Jetzt steht Schwester Maria auf, tritt an die Sprechklappe. Sie hat tiefe Augenringe.

„Käffchen?", fragt sie, und Elli nickt dankbar. Ich lächle höflich.

„Und das da? Ist das der Seliger?" Maria macht eine lässige Kopfbewegung zum Bett. Da ist keine Regung in ihrem Gesicht, nicht mal ein Wimpernzucken. Das macht die Routine mit ihr. Soweit bin ich noch nicht, der Tod geht mir noch nahe, doch wer weiß, wie es in zwanzig Jahren aussieht.

„Toller Start", denke ich mir. Gleich mitten hinein ins Vergnügen, gleich eine Leiche. Dabei hat er so gut angefangen, dieser erste Advent, so friedlich still. Schneeflöckchen, Weißröckchen. Watteweiße Winterweihnacht, heute Morgen vor meinem Fenster mit Aussicht.

Wer ich wirklich bin, ahnt keiner, nicht mal Lisa, und manchmal hege ich den Verdacht, mich selbst nicht zu kennen. Ich fürchte mich vor mir, vor dem Kontrollverlust. Das brüchige Lügengewebe mit den schwarzen Fäden der Vergangenheit verberge ich tief im geheimen Seelenkästchen. Mit der Zeit und den richtigen Medikamenten sind die Aussetzer selten geworden, diese kleinen und fiesen Bewusstseins-Löscher, Sekunden oder Minuten, in denen ich nicht weiß, was ich tue, und an die ich mich nicht erinnere. Es scheint eine Form von Epilepsie zu sein, ohne Fallneigung, doch ganz einig sind sich die Herren Neurologen da nicht. Während eines Anfalls kann Gott weiß was passieren. Wenn die Klinikleitung von meiner Krankheit Wind kriegt, dann hab ich meinen Job sofort los. Ich schlucke brav die Medizin und gebe die Hoffnung nicht auf, dass ‚es' irgendwann aufhört.

Es ist idiotisch, ich gebe es zu. Und doch frage ich mich die ganze Zeit: Bin ich am Morgen in Zimmer siebzehn gewesen? Ich habe doch nicht … eine Plastiktüte oder Ähnliches? Herr Seliger war mir echt einen Tick zu blau verfärbt für ein natürliches Ableben, dazu die Einblutung an der Lippe, ein deutlicher Hinweis auf plötzliches Ersticken. Oder hat das Christkind ein wenig nachgeholfen? Unsinn, wieso sollte es. Spontan muss ich an Ellis Spruch denken, jener mit Weihnachten und den gehäuften Sterbefällen. Inständig hoffe ich, dass Seligers Tod ein Zufall ist und sich die Unkenrufe nicht bewahrheiten.

Am Abend stürzen Lisa und ich uns ins Weihnachtsmarkttreiben am Schlossplatz. Den Glühwein bekommen wir umsonst, und das verdanke ich meiner hübschen Freundin. Sie ist eine kleine Nette mit Püppchen-Gesicht, die die Männerherzen im Sturm erobert. Wir shoppen ein wenig, Christbaumschmuck und Holzmodeln, ziehen Kerzen aus heißem Wachs, essen Bratwurst und trinken Heidelbeerglühwein. Die Luft ist beißend kalt, und es hat zu schneien begonnen. Bald ziert eine weiße Nachthaube die Türme des Schlosses

Johannisburg und die Wiesen drunten am Mainufer, einem Areal, das König Ludwig sein bayerisches Nizza nannte.

Ich balle meine Hände in den Taschen zu Fäusten. Ich muss wieder an Seliger denken. Der hieß mit Rufnamen auch Ludwig.

Die Innere liegt noch im Nachtschlaf. Es ist der zweite Advent, fünf Uhr dreißig, und ich mache mich bereit zum Fiebermessen. Schnarch-Geräusche dringen aus den Zimmern, am Ende des Flurs blinkt das Notlicht über Tür neun. Elli ist noch auf der Chirurgischen, ich bin alleine. Herr Triest, Dickdarmkrebs, verlangt nach einer Tablette. Er hat Kopfschmerzen und verkündet, dass er keine Lust mehr habe auf dieses bescheuerte Trauerspiel. Er ist schon über neunzig und findet, das waren glatt fünf Jahre zu viel. Aber der dort droben lässt sich Zeit mit dem letzten Passierschein. Ich plaudere ein wenig mit dem Väterchen, bei manchen Leuten geht einem echt das Herz auf. Großvater Triest ist einer von den Dankbaren. Es macht mir nichts aus, seine Zehennägel zu schneiden und die Bettpfanne zu leeren.

Von draußen höre ich schmerzhafte Rufe. „Schwester!"

„Tschuldigung", murmele ich und zwinkere Herrn Triest aufmunternd zu.

Ein frisch operierter Patient musste dringend aufs Töpfchen, doch ich bin schon zurück auf dem Weg zu Triest. Er will mir von seinem Sohn erzählen, der in München lebt. Das Läuten des Stationstelefons hält mich auf. Mit dem Hörer am Ohr sehe ich das Christkind mit viel zu engem Kleid, mit Schleier und goldenem Krönchen und kleiner Geschenktüte in die Neun schlüpfen. Seltsam, um diese Uhrzeit?

„Klinikum am Hirschkopf, innere Abteilung, Schwester Anja am Apparat?" Es ist Schwester Maria. Ob ich dort droben alleine zurechtkäme. Klar doch. Alles bestens.

Neben dem Telefon bemerke ich einen mit Packpapier beklebten Fünf-Liter-Eimer mit Deckel. Ich fische ein paar Spielkarten heraus, mit denen die Kolleginnen sich die Pausen vertreiben. Sie sind kunstvoll mit Buntstiften bemalt, und auf manchen stehen in fetter Schrift Zahlen.

Unverhofft steht Schwester Claire vor mir. Wo bin ich, was ist geschehen? Es fällt mir wieder ein: Das hier ist Triests Patientenzimmer. Ich schüttle mich fröstelnd, spüre die wohlbekannte, dumpfe Leere im Kopf, die nur mühsam klaren Gedanken weicht. Ein Anfall, verdammt. Ob sie ihn bemerkt hat?

„Sieht er nicht friedlich aus?" Claire tritt ans Bett, streicht Triest zärtlich über die Wange. „Freut mich für ihn, eigentlich. Er hat's überstanden." Ich atme auf. Sie hat nichts gesagt von wegen geistiger Umnachtung und so, es ist noch einmal gut gegangen. Ihre Worte hallen nach in meinem Schädel, dringen stärker zu mir vor. Wie war das gerade? Armer Triest? Was soll denn das heißen?

Wie ein Fausthieb trifft mich der Schock in der Magengrube. Im Bett liegt das Väterchen. Mausetot. Sein rechter Arm hängt schlaff hinunter, im Handrücken liegt noch der Zugang für Infusionen. Speichel hängt Triest in einem langen Faden aus dem Mund.

„Oh nein bitte, wir wollten doch … Max in München …" Was ist denn nur passiert in den letzten Minuten?

„Herzschlag", meint Claire. „Ein Tod wie im Bilderbuch." Wieder registriere ich den Zitronengeruch. Und wenn es das Christkind war? Ich schüttle den Kopf. Unsinn, alles im grünen Bereich. Zwei Tote in zwei Wochen, das kommt in der besten Klinik vor, oder?

Am Nachmittag gibt es Tee im Schwesternzimmer, dazu Marzipanstollen. Ich kann die Pause nicht wirklich genießen, muss immerzu an Herrn Triest denken. Tränen schießen mir in die Augen, vor Zorn und Mitleid, doch auch vor Anstrengung: Ich will unbedingt wissen, was da mit mir passiert ist und mit Triest in seinem Zimmer. Und ich stochere in den Erinnerungskammern meines bleiernen Hirns.

„Da müssen wir leider alle durch", tröstet mich Elli und legt den Arm um meine Schultern. „Sieh es doch einmal positiv: Ein Weihnachtsgeschenk, der Mann ist erlöst." Überraschung: Der alte Dragoner kann echt mitfühlend sein. Bildfetzen steigen mir in den Sinn. Warte, warte, rufe ich meinen Gedanken zu, die schneller vorantreiben, als ich folgen kann. Erstmals will mir ein Rückblick gelingen. … Ich bin also auf dem Wege zu Triest, das Telefon hält mich auf …

Auf einmal steht Schwester Trudi vor mir.

„Sach ma – was suchst'n du da eischendlisch?" Sie schielt auf den offenen Spielkarteneimer, und ich stammele etwas von super gemacht und schön bunt und so, und wage meine bescheidene Frage, wie denn das Spiel funktioniere.

Sie zuckt mit den Schultern. „Des ham mer uns die letzte Weihnachte ausgedacht, die Claire, die Maria, die Elli un isch. Wichteln mal ganz annersder" Ihr Dialekt klingt schwergängig in meinem Ohr, doch mit der Zeit begreife ich die Spielregeln. Sie tun es offenbar jeden Advent. Eine Abwandlung des Wichtelns. Die meisten Karten in der Lostrommel sind Nieten, doch die wichtigen, die Geschenkkarten, tragen eine Nummer. Wer zuerst eine solche Karte zieht, ist Gewinner der Woche. Aus einer Sammlung möglicher Geschenke darf er sich eines wählen. Ich nehme an, bezahlt wird aus der Kaffeekasse. Ein schöner Brauch, will ich meinen, und ich frage, ob ich mitspielen darf. Ich ernte ein hektisches Kopfschütteln, während Trudi den Eimer verschließt.

„Des geht nur zu viert", behauptet sie steif, weil es doch auch vier Adventssonntage wären, und verschwindet eilends. Ich verstehe die Welt nicht mehr, schiebe das Keiner-mag-mich-Gefühl trotzig beiseite und begebe mich in die Neun zu meinem Patienten.

Von diesem Moment an herrscht wieder Filmriss. Und nun sehe ich mich in der Neun, wie ich ins bleiche Gesicht Triests starre. Dabei sitze ich längst wieder zwischen den Stollen schmausenden Kolleginnen.

Am Sonntag darauf verstirbt Josef Salg, die Leberzirrhose, und einen Tag später Frau Müller-Schongau, Brustkrebs. Sie war erst fünfzig. Sie hat erbrochen, Schaum vor dem Mund und eine bräunliche Haut mit winzigen Bläschen an den Wangen. Jänsch schiebt die Farbe auf eine vorhandene Nebennierengeschichte. Ich tippe auf ein bestimmtes Gift. Es gibt da ein Foto in meiner alten Ausbildungsmappe … Doch ich schweige, man wird mich nur belächeln. Wenn es Mord war, fällt am Ende der Verdacht noch auf mich, wo ich doch stets die Erste vor Ort bin, die die Toten entdeckt. Jetzt also Müller-Schongau. Es riecht wieder nach Zitrone, und mein schlechtes Gewissen lässt mich das Lipgloss mit Zitronengeschmack von meinen Lippen lecken. Die Angst wächst. Ich könnte sie durchaus sein, die mysteriöse Zitronenduftkillerin.

Vierter Advent. Meine Ausfälle nehmen zu in letzter Zeit, und sie dauern länger, obwohl ich meine Pillen regelmäßig schlucke. Von Tag zu Tag glaube ich mehr an meine Schuld, habe schreckliche Mordphantasien. Ich wundere mich nur, dass sich bislang kein Beweismaterial fand, eine leere Spritze, Tupfer, Blut?

Seliger hatte Blut auf den Lippen. Wie Omi Rose.

Mir wird ganz flau im Kopf, ich kann kaum atmen. Ich muss diesen verdammten Druck loswerden, kann meine Befürchtungen nicht mehr für mich behalten. Es ist eine Qual, mit seinen Ängsten allein zu sein.

Ich gehe ein Stück vor der Klinik spazieren, frische Luft weht mir um die Nase. Die alten Kastanien zu meiner Linken beugen ihre leeren Zweige im harschen Abendwind, winken mir zu und scheinen zu rufen: ‚Tu es. Erleichtere dein Gewissen. Wirst sehen: Alles wird gut. Sprich mit Lisa.'

Elli ist noch nicht auf Station. Schwach brennt das Nachtlicht im Flur, und in den Zimmern herrscht Stille. Nur Gerda Hübners dünne Schreie aus der Elf, wie eine hängende Schallplatte. Hil-fe. Hiiilfe. Lisa hat Frühstückspause. Es wird ein langer Bericht. Schonungslos erzähle ich von meiner Krankheit und mache auch vor den Mordbefürchtungen nicht Halt.

Ich merke, dass meine Lippen zittern. Das Glimmen in Lisas Augen interpretiere ich als Mitgefühl. Es ermuntert mich zu meiner schwierigsten Beichte.

Omi Rose. Man hat mich mit ihr allein gelassen. Ich konnte sie nicht ertragen, die grausigen Hilferufe zwischen den rasselnden Atemzügen. Hab ihr das Kissen auf das Gesicht gepresst.

„Versprich es mir", bettele ich. „Du hältst den Mund, klar?"

Ich atme tief und gleichmäßig, fühle mich dank Lisas Mitwisserschaft schon viel besser und bin geradezu fröhlich gestimmt, als das Telefon surrt.

„Ilse Bogner hier. Die Mutter von Nora Bogner. Es tut mir leid. Aber das Kind liegt immer noch flach. Die Schweinegrippe, drei Wochen schon, und jetzt auch noch

Lungenentzündung. Das wird dieses Jahr nichts mehr werden, man muss aufs Christkind verzichten. Und schönen Gruß an die Oberschwester."

Für einen Moment sitze ich auf dem Stuhl wie fest getackert. Aber Elli sagte doch … und ich habe das Christkind gesehen…

Elli erscheint auf der Bildfläche.

„Servus Anja." Sie drückt mir einen Kuss auf die Wange, doch je freundlicher sie lächelt, desto mehr wächst mein Misstrauen, desto stärker läuten die inneren Alarmglocken. Sie muss gewusst haben, dass Nora Bogner die Station nie betreten hat. Etwas ist hier oberfaul.

„Ich zieh mich rasch um", sagt sie. Ich fasele etwas von Zigaretten aus der Jacke holen. Ich muss jetzt die Augen offen halten, folge ihr. Sie nimmt den Kittel aus dem Spind, legt ihn an, verschließt die Türe und lässt den Schlüssel in die Basttasche am Boden gleiten. Dann beginnt sie ihren Rundgang.

Ich hole den Schlüssel und öffne ihren Spind. Eine Zitronenduftwolke weht mir entgegen. Fassungslos stehe ich vor dem Christkind-Kostüm.

Mein Blick gleitet höher, in das Regalfach, wo auch der Spielkarteneimer steht. Das glaube ich jetzt nicht: Ich starre auf ein Schraubglas mit Tabletten. Sie sehen aus wie meine, helllila und weiß. Elli, die Schlange! Hat sie meine Medikamente gegen Placebos getauscht? Wieso?

Ich nehme das Gläschen an mich, schließe den Spind, als ich Trudi, Maria und Claire kommen höre und drücke mich mit klopfendem Herzen hinter die Tür im Nebenraum, wo Blumenvasen und Putzmittel lagern. Mein Herz klopft, mein Ohr klebt an der Wand, als Elli zu den Dreien stößt.

„Leute, es ist der vierte Advent", sagt sie, und ich höre, wie sie sich am Spind zu schaffen macht. „Wollen wir?"

Dann ist ein Weilchen Stille. Ich glaube, sie spielen ihr Spiel.

„Gewonnen", kreischt Trudi. „Die Sechsunzwanzisch. Wer liescht'n eischendlisch in dem Zimmer?"

Elli sagt: „Die Meierin. Auch so ein armes Würstchen. Nur noch Schmerzen, jedes Tier schläfert man ein. Aber sie kriegt ihr Weihnachtsgeschenk, heute noch." Sie lacht. „Das Kleid ist viel zu groß für dich, Trudi. Egal. Was hast du dir ausgedacht?"

„Koppkisse", ist die Antwort. „Wie bei Maria am erste Advent. War doch net schwierisch, gell?"

„I wo", meint Maria. „Vier, fünf Minuten."

„Gut, dass es Anja gibt", sagt Elli. „Das erleichtert die Sache enorm. Falls mal was schief geht. Ich will jedenfalls nicht in den Knast."

„Irschendwie tut sie mir leid, die Anja. Was hat die bloß erlebt, die dreht ja völlisch dursch, wenn's Tote gibt."

Claires Stimme. Ich höre, wie sie aufsteht, etwas von Zombies faselt. Wahrscheinlich äfft sie mich nach. Alle kichern.

Trudi wechselt das Thema.

„Die Sechsundzwanzisch also. Schad eischendlisch. Damit ist Schluss für Diesjahr."

„Ooch". Claire schmollt. „Der Joker ist auch schon weg?"

„Müller-Schongau war der Joker", sagt Elli. Ihr Ton wird vorwurfsvoll. „Phenobarbital, keine gute Idee übrigens. Zu offensichtlich."

„Zum Glück hat der Jänsch nichts bemerkt", sagt Maria und lacht. „Ein Stümper war er ja immer."

Mir wird schlecht. Mörderinnen! Alle vier! Jeden Adventssonntag eine Gnadenleiche, und sie planen schon fürs nächste Weihnachten! Die Zahlen auf den Karten sind Zimmernummern. Sie nennen es Geschenke. Und: Es gibt einen Joker! Ist das zu fassen?

Ich trippele hin und her, kann nicht erwarten, dass das Mörderquartett verschwindet. Endlich. Ich trete hinaus auf den Flur. Ah, da kommen Lisa und Doktor Jänsch!

„Ich habe etwas zu melden", sage ich. Ich spüre, wie der Druck in meinem Magen nachlässt. Die Suppe werde ich ihnen versalzen, heute wird es keinen Mord geben.

Jänschs Gesicht sieht aus wie tiefgefroren.

„Sagen Sie nichts, ich weiß es schon", sagt er und nickt Lisa zu, die mir nun gar nicht mehr so nett und so hübsch erscheint. „Die tote Oma, nicht wahr? Das gleiche Prinzip wie bei Seliger. Den Rest erspare ich mir, die Polizei wird gleich hier sein."

Katie Schweitzer

Brigitte will nicht auf den Westerwald

Einmal im Jahr fuhr Brigitte mit Mama, Papa und Oma zu Onkel Wilfried und Tante Ida auf den Westerwald. So war der Brauch. Tante Ida besaß einen Bauernhof, und die Erwachsenen raunten, sie habe den Onkel nur geheiratet, weil er ihr die Arbeit abnehmen sollte.

„Der Blödmann", sagte die Oma ein ums andere Mal, „an jedem Finger hatte er zehn, aber ausgerechnet von der Ida musste er sich reinlegen lassen."

Lange hatte Brigitte bohren müssen, bis Mama damit herausrückte, was gemeint war. So richtig hatte sie trotzdem nicht verstanden, wieso Heiner und Ilse, die nach der Hochzeit unanständig schnell auf die Welt gekommen waren, schuld daran sein sollten, dass Onkel Wilfried reingelegt wurde. Aber wie sie die Zwillinge kannte, war ihnen alles Boshafte zuzutrauen.

„Nein, ich will nicht mit!", heulte Brigitte und stampfte mit den Füßen. Seit Oma den Brief mit Onkel Wilfrieds Einladung vorgelesen hatte, am ersten Juniwochenende zu kommen, hatte Brigitte Bauchweh. Sie träumte von furchtbar großen Kühen, die ihre schwabbeligen Mäuler durch Gitterstäbe streckten und versuchten, sie mit ihren langen rauen Zungen zu erreichen. Brigitte dachte voller Schrecken an den Lärm unter der Kammer, in der sie beim letzten Besuch geschlafen hatte, an das Geschrei, das Poltern und Krachen, als ob Möbel zerbersten würden.

„Das hast du bestimmt geträumt", hatte die Mama gesagt und Brigitte gestreichelt, als sie davon erzählte. Von wegen geträumt! Brigitte erinnerte sich genau, dass am nächsten Tag ein Stuhl weniger am Esstisch gestanden hatte und an der Vitrine eine Glasscheibe kaputt gewesen war.

„Bitte, bitte, lass mich bei der Gote bleiben", flehte sie, aber ihre Eltern blieben unerbittlich.

„Ilse freut sich bestimmt, wenn du sie besuchen kommst", versuchte der Papa, Brigitte aufzumuntern. Wieso glaubte ihr niemand, dass die Zwillinge sie immer nur ärgerten und sogar Hofhund Tilly auf sie hetzten?

Vor dem Einschlafen betete sie zum lieben Gott, irgendetwas geschehen zu lassen, damit sie nicht zu Onkel und Tante fahren musste.

Aber das Beten half nicht. Am nächsten Morgen standen sie früh auf, denn sie hatten einen langen Weg vor sich. Die Erwachsenen trugen Taschen mit Kleidungsstücken und Mitbringsels. Brigitte musste ihre Sachen und die Puppe Claudia selbst tragen, jammern nützte nichts. Nach einer zweistündigen Bahnfahrt stiegen sie in den Bus um, der sie ins Dorf brachte. Üblicherweise stand Onkel Wilfried mit dem Pferdefuhrwerk an der Haltestelle, um sie abzuholen, aber diesmal schauten sie sich vergeblich nach ihm um.

„Vielleicht ist Rosi krank", mutmaßte Mama. Rosi hieß das dicke Pferd, das immer so laut schnaubte und mit seinem Geschirr rasselte.

„Oder der Karren ist kaputt“, meinte Papa. „Egal, wir müssen laufen. Also, beeilt euch, damit wir es bis zum Mittagessen schaffen.“

„Ich muss aufs Klo.“ Brigitte schaute die Mama Hilfe suchend an.

„Schon wieder? Das kannst du unterwegs im Gebüsch machen. Komm, setz dich in Bewegung.“

Brigitte begann zu weinen, lief aber brav hinter den anderen her. Im Bauch kniff und grollte es. Warum hatte der liebe Gott nichts getan, damit der Besuch bei Heiner und Ilse ausfiel?

Eine halbe Stunde später standen sie vor dem geschlossenen Tor von Tante Idas Bauernhof.

„Komisch, das ist doch sonst nie zu.“ Oma schüttelte den Kopf.

Papa schob den schweren Eisenriegel hoch, und das Tor schwang quietschend auf.

Tilly kläffte und stürmte ihnen entgegen, bis die Kette ihn stoppte. Er keuchte und hustete, legte sich dann flach auf den Boden und winselte. Brigitte lief dicht neben Oma her zur Haustür, damit der doofe Köter ihr nicht wieder in die Beine biss. Dabei stolperte sie über seinen leeren Fressnapf und wäre beinahe hingefallen.

Auch die Haustür war verschlossen. Papa klopfte. Nichts rührte sich.

„Hallo, Ida!“ „Wilfried!“

Im Haus blieb es still.

„Merkwürdig!“

Die Erwachsenen sahen sich an. Der Hund begann erneut, wie verrückt zu bellen und an seiner Kette zu zerren. Im Stall rumorten und muhten die Kühe.

„Was fällt denen ein, uns herkommen zu lassen und dann nicht da zu sein.“

Omas Gesicht war rot angelaufen. Sie setzte sich auf die Steintreppe, die zur Haustür führte, und versuchte, die Fliegenschwärme wegzuscheuchen.

„Verflixt und zugenäht, das werden jedes Jahr mehr“, schimpfte sie.

Brigitte setzte sich neben sie. Ihr Bauchweh war wie weggeblasen. Sie frohlockte. Vielleicht hatte der liebe Gott ihre Gebete erhört, und die Verwandten waren verreist.

Unterdessen kletterte der Papa auf einen Bretterstapel, um in ein Fenster zu schauen. Oben blieb er lange und regungslos stehen. Zu lange.

„Was ist los?“, fragte die Mama, „siehst du was?“

Wie in Zeitlupe drehte sich der Papa um, er schwankte, hielt sich am Fenstersims fest. Sein Gesicht hatte eine komische Farbe bekommen.

„Sie, sie sind ...“

Die Mama machte Anstalten, ebenfalls auf die Bretter zu steigen, aber der Papa hielt sie zurück.

„Nein, bitte nicht, bleib wo du bist. Oder – lauf zum Nachbarn. Er soll den Doktor rufen. Und die Polizei.“

Danach ging alles durcheinander. Männer brachen die Haustür auf. Polizisten bevölkerten den Hof und das Haus. Jemand weinte. Im Stall brüllten die Kühe, stampften wie wild und rasselten mit ihren Ketten, längst war es Zeit zum Melken.

„Er hat sie erschlagen."

Am Hoftor drängelten sich die Nachbarn und tuschelten. Ein Krankenwagen fuhr in den Hof, weiß gekleidete Männer eilten mit dicken Aktentaschen und einer Trage ins Haus. Sie kamen kurz danach wieder heraus und fuhren weg. Später zogen Pferde zwei schwarze geschlossene Wagen herein. Männer in dunklen Festtagsanzügen und Hüten sprangen herunter. Sie öffneten die Wagentüren und holten vier Särge heraus. Zwei große braune und zwei kleine weiße. Damit verschwanden sie im Haus.

Brigitte kauerte auf der Feierabendbank an der Scheunenwand und verfolgte das gespenstische Treiben. Sie presste Claudia fest an sich. Neben ihren Füßen lag Tilly, der hin und wieder leise aufjaulte und seine Schnauze gegen Brigittes Beine drückte. Bestimmt hatte er auch Durst. Mama, Papa und Oma waren ins Haus gerufen worden, aber Brigitte durfte nicht hinein. Warum nicht? Niemand kümmerte sich um sie. Sie weinte leise vor sich hin.

Die Männer trugen die Särge aus dem Haus. Hinter ihnen tauchte endlich die Mama auf. Brigitte lief zu ihr.

„Mein armer Schatz, tut mir leid, dass wir uns nicht um dich gekümmert haben."

Die Mama hatte rote Ränder um die Augen, die Haare hingen ihr wirr ins Gesicht, ihre Bluse war zerknittert und aus dem Rock gerutscht. Sie setzte sich mit Brigitte auf die Bank und legte die Arme um sie.

„Brigitte, ich muss dir etwas Trauriges sagen." Sie verstummte und räusperte sich. Dann fuhr sie fort: „Es ist ein schreckliches Unglück passiert. Der liebe Gott hat sie alle zu sich geholt, den Onkel, die Tante, Ilse und Heiner auch. Sie sind tot."

Brigitte hatte ein Gefühl, als ob ihr Kopf auslaufen würde. Ihr wurde kalt, und sie begann zu zittern. Sie klammerte sich an der Mama fest, ein Schluchzen quälte sich ihre Kehle hoch.

Das hatte sie nicht gewollt. Wie konnte der liebe Gott sie nur so falsch verstehen.

Katie Schweitzer

Komplementärfarben

„Bitte nehmen Sie Platz, Frau Schauer. Herr Dr. Heinrich kommt sofort."

Die Tür schließt mit einem dezenten Plopp. Ich schaue mich um. Die zimmerhohen Wandpaneele flößen mir Ehrfurcht ein. Meine Füße versinken in einem Veloursteppich, dessen rote Farbe mich an meine Großtante Irmhild erinnert und daran, weshalb ich hier bin.

Tante Irmhild gehörte zu jenen Menschen, die ein außergewöhnliches Talent besitzen, Dinge zu verschenken, bei deren Anblick der Empfänger nur dank antrainierter Selbstbeherrschung das erwartete „Wie schön! Das habe ich mir schon immer gewünscht! Viiielen Dank!", oder ähnlich enthusiastische Äußerungen hervorbringt. Kerzenhelles Strahlen eingeschlossen.

Obendrein war sie meine einzige Tante; Erbtante, um es genau zu sagen. Eingedenk der eigenen Finanzlage ein guter Grund, sie zu hegen und bei Laune zu halten.

Ihre Lieblingsfarbe war rot. Rot in den Schattierungen Burgunder und Tomate. Ich hasse rot, insbesondere weinrot und tomatenrot. Ich liebe grün, vor allem das Grün von Smaragden.

Die Situation wurde zusätzlich erschwert, weil meine Tante ein liebenswerter Mensch war. Sie freute sich wie ein

Kind, wenn ich ihre zerbrechliche Gestalt in die Arme schloss, um mich für ein Geschenk zu bedanken.

„Gefällt es dir wirklich?", fragte sie dann und: „Du würdest es mir sagen, wenn es nicht so wäre, oder?"

Ich nickte regelmäßig und küsste sie auf die Wange. Wer ein dickes Erbe in Aussicht hat, darf Aufrichtigkeit nicht übertreiben.

Jahrelang beglückte mich Tante Irmhild mit weinroten Kristallrömern, bis alle Garnituren komplett waren. Zum dreißigsten Geburtstag überraschte sie mich mit einer tomatenroten Seidenbluse von Chanel. Jedes Mal, wenn wir uns trafen, und ich trug etwas anderes, fragte sie:

„Passt dir die Bluse nicht mehr?" oder „Hast du die Chanel-Bluse noch?"

Aus einem Urlaub in Paris brachte sie mir einen Ölschinken *Klatschmohn vor Sonnenuntergang* mit. „Von einem Schüler Caspar David Friedrichs", betonte sie und überreichte mir das Echtheitszertifikat. Um den bissigen Rottönen zu entkommen, kniff ich die Augen zusammen.

„Gefällt es dir nicht?"

Tante Irmhild beobachtete mich, hatte sie etwas gemerkt? Ich beeilte mich, sie diesmal besonders herzlich zu umarmen und zu küssen und schämte mich ein bisschen, als sich glitzernde Bächlein durch das Rouge auf ihren Wangen schlängelten. Aber ich hätte nicht gewagt, sie zu enttäuschen.

Zur Hochzeit schenkte sie meinem frisch Angetrauten und mir einen roten Perserteppich im XXL-Format.

„Passend zu dem Bild!“ Sie strahlte uns erwartungsvoll an. Das Training für die Gesichtsmuskeln meines Mannes sowie ein Tritt gegen sein Schienbein sorgten für ein sauberes Duett:

„Ist der aber schön. Genau so einen haben wir uns gewünscht.“

Welch ein Glück, dass Tante Irmhild in einiger Entfernung von uns wohnte und sich vor jedem Besuch anmeldete. „Damit euch Gelegenheit bleibt, meine Geschenke hervorzuholen“, kicherte sie ins Telefon, und ich sah im Geiste ihre feuerroten Löckchen wippen. Als ob sie es geahnt hätte! Eilends holten wir die Römer aus dem Keller und tauschten sie gegen unsere Mineraliensammlung in der Glasvitrine aus. Die Aquarelle verschwanden unter dem Ehebett, stattdessen staubten wir den Schüler Caspar Davids ab und setzten ihn in Szene. Noch heute bricht mir der Schweiß aus, wenn ich an jenen Besuch zurückdenke, als wir die Wand in Windeseile überstreichen mussten, weil dieser verdammte Sonnenuntergang die Ränder unserer Aquarelle nicht überdeckte.

Die größte Anstrengung bereitete uns jedes Mal der Perser. Er wog gefühlte zwei Zentner, musste mit einem Transporter aus dem Möbellager geholt und gegen unsere beiden Berber ausgetauscht werden. Jede Aktion kostete einen Fünfziger und jede zweite einen Hexenschuss extra. Mein lieber Ehemann und ich entwickelten uns im Laufe der Zeit zu einem gut eingespielten Team. Meist reichte die

Zeit bis zum Klingeln sogar aus, um schnell zu duschen, bevor ich die rote Bluse anzog.

Eines Tages erlitt meine Tante einen Schlaganfall. Da sie halbseitig gelähmt blieb und nur noch Kauderwelsch redete, suchten wir für sie ein Pflegeheim und ließen ihre Villa in der Obhut der Haushälterin zurück.

Das noble *Haus Abendrot* lag nah genug, um schnell zur Stelle zu sein, wenn unsere Anwesenheit erforderlich war. Andererseits war es weit genug entfernt, um Besuche der Tante wegen des Rollstuhltransports von diesem Zeitpunkt an auszuschließen.

Wir atmeten auf, versteigerten die Römer sowie den Perser bei eBay und kauften uns einen knuffigen kleinen Flitzer. In Grün natürlich. Die Bluse fand im Secondhandladen um die Ecke eine neue Trägerin. Den Ölschinken wollte niemand, deshalb schimmelte er im Keller eine Weile vor sich hin. Wir hatten ihn schon vergessen, als ein Nachbarjunge im Verschlag nebenan mit seinen Kumpels eine heiße Party feierte und den Kellertrakt abfackelte. Nach hektischer Suche fanden wir das Zertifikat, das den Wert des Bildes bestätigte, und legten es der Versicherung vor. Endlich konnte ich mir bei Bulgari das ersehnte Smaragdkollier kaufen. Die lupenreinen Edelsteine lodern wie grünes Feuer und passen wunderbar zu meinen schwarzen Haaren und grauen Augen.

Den zweiten Schlaganfall überlebte Tante Irmhild nicht.

„Entschuldigen Sie bitte die Verzögerung."

Dr. Heinrich ist eingetreten, und ich nehme Haltung an. Um das Zittern meiner Hände zu verbergen, umklammere ich meine neue Gucci-Tasche. Auf dem Tisch vor dem Anwalt liegt ein versiegelter Umschlag, den er langsam hochhebt, hin und her wendet und erst dann mit einem Stilett öffnet. Er zieht mehrere Blätter heraus, positioniert seine Brille auf die Nasenspitze und liest vor:

„Mein letzter Wille. Hiermit setze ich meine Großnichte Iris Schauer als Alleinerbin ein." Es folgt eine Aufzählung von Immobilien, Konten und Wertpapieren. Mir wird schwindelig, weil ich zu atmen vergesse.

Dr. Heinrich entfaltet einen weiteren Briefbogen und räuspert sich.

„Hier ist noch ein Nachtrag, vermutlich unwesentlich", fährt er fort. „Darin heißt es: Liebe Nichte, ich weiß, dass du das Bild *Klatschmohn vor Sonnenuntergang* von Anfang an nicht leiden mochtest. Schade, dass du es mir nie gesagt hast, denn du weißt, wie sehr ich Unaufrichtigkeit verabscheue. Meine Haushälterin Beate hat das Gemälde sehr bewundert und gesagt, dass sie sich glücklich schätzen würde, wenn ihr jemand so ein schönes Bild schenken würde. Deshalb bitte ich dich, ihr dieses Kunstwerk zu überlassen. Ich gehe davon aus, dass es noch in deinem Besitz ist, denn du hättest mir sicher berichtet, wenn du es verkauft hättest. Solltest du es nicht mehr besitzen, verfüge ich hiermit, dass meine langjährige Haushälterin Beate Mensing als Alleinerbin eingesetzt wird."

Katie Schweitzer

In der Falle

Forstrat Konrad Münst streicht die schütteren Haare zurück, setzt seinen Jägerhut auf und greift zur Flinte. Leise, damit seine Mutter nicht aufwacht, schließt er die Haustür und stapft Richtung Schönbuch. Obwohl es noch dunkel ist, stimmen sich schon die ersten Vögel auf das sonntägliche Frühkonzert ein.

Nach wenigen Minuten steigt der Weg steil bergan. Münst nimmt es kaum wahr, denn seine Gedanken fliegen seinen Schritten voraus. Barbara hat ihm zugeflüstert, ein Wilderer habe im Fäulbachtälchen eine Falle aufgestellt, um sie zu kontrollieren, während die Waldenbucher Bürger in der Kirche seien.

Barbara, seine Barbara! Woher sie die Information hat, wollte sie ihm nicht verraten.

In Erinnerung an ihre erregenden Kurven und den Duft ihrer Haare, die sich wie Seide anfühlen, wird es Münst schwindelig. Seit dem tragischen Tod ihrer Mutter ist er mit ihr zusammen, und er wundert sich immer noch, dass sie sich in ihn verliebt hat und nicht in einen ihrer jungen Verehrer. Niemals darf sie von seinem Hobby erfahren, das er bis vor Kurzem im Hinterzimmer des Kapitalen Bocks pflegte.

„Hol dir endlich ein saub'res Mädel ins Haus", hört er seine Mutter lamentieren. „Mir wird die Arbeit zu viel."

Münst bleibt stehen, fährt sich über die Stirn, um die Gedanken zu verscheuchen, und wechselt das Gewehr auf die andere Schulter. Heute muss er den Wilderer stellen, danach wird er weitersehen. Sein Chef hat versprochen, ihn zur Beförderung vorzuschlagen, wenn er den Kerl erwischt. Falls es klappt, wird er Barbara einen Antrag machen. Ob sie „Ja" sagen wird? Münst reckt sich und zieht den Bauch ein.

Über den Baumwipfeln deutet sich der Morgen an. Münst erhöht das Tempo, um vor dem Wilderer an der Falle zu sein. Unter seinen Stiefeln knirscht der steinige Weg, links von ihm plätschert der Fäulbach. Bärlauchbestände an den Ufern verbreiten ihren typischen Knoblauchgeruch.

„Wenn du den Bach gleich nach der zweiten Grillstelle überquerst, siehst du den Pfad, der zur Falle führt", hat Barbara gesagt.

Er findet den Pfad, gibt acht, keine Spuren zu hinterlassen und entdeckt schließlich auf einer kleinen Lichtung die Falle, die zum Glück leer ist. Es dauert, bis er sie präpariert hat. Danach zieht er sich ins Gebüsch zurück und wartet.

„Verdammichnochemoal!"

Der Aufschrei lässt Münst hochfahren, er muss eingeschlafen sein. Vorsichtig biegt er ein paar Zweige zur Seite und beobachtet die Lichtung. Obwohl sie im Schatten liegt, erkennt er ein kariertes Hemd und einen breiten Rücken, der ihm bekannt vorkommt. Unterdrückte

Flüche erreichen sein Ohr. Er duckt sich ins Gras, pirscht näher heran und lässt den eisgrauen Stoppelkopf, der hin und her ruckelt, nicht aus den Augen. Der Mann versucht sich umzudrehen. In seinem Mundwinkel hängt eine Zigarette, Nikotingeruch weht zu Münst herüber.

Er zuckt zusammen, ist das nicht …? Nein, das kann nicht sein! Er drückt das hohe Gras zur Seite, um besser sehen zu können, verlagert das Gewicht, strauchelt und tritt auf ein Holzstück.

Es knackt.

Der Mann erstarrt, zieht langsam etwas aus seinem Gürtel und schaut in Münstes Richtung.

Er ist es: Seelos! Das faltige Gesicht noch zerknitterter als gewöhnlich, schmerzverzerrt, auf seiner Stirn perlen Schweißtropfen.

„Ach, du bist es, Konrad", keucht er. „Schau, was mir passiert ist. Hilf mir!" Er steckt das Waidmesser in die Scheide zurück. Die Zigarette wie angeklebt, die Augen zu Schlitzen verengt, weil der Morgenwind ihm den Rauch ins Gesicht treibt, zeigt er auf sein Bein. Durch den Hosen-stoff dringt dunkle Flüssigkeit. Die eisernen Zähne der Falle haben sich tief ins Fleisch gebohrt.

Münst bleibt auf Abstand und hebt das Gewehr, weiß einen Augenblick lang nicht, was tun, während unter seiner Schädeldecke ein Sturm wütet. Ausgerechnet Seelos! Jetzt keinen Fehler machen!

„Mach schon, soll ich verbluten?"

„So schnell stirbt man nicht. Denk an die Tiere, die eine ganze Nacht mit gebrochenen Beinen in deinen Fallen hängen, bevor du sie erstichst."

„Ich doch nicht! Ich wollte nur nachsehen, ob das Gerücht mit dem Fallensteller stimmt. Konrad, Mensch, wir sind Freunde!"

Seelos' Stimme kippt ins Falsett.

„Wir? Freunde? Ausgehorcht hast du mich, ob ich neue Fallen entdeckt hätte. Mann, war ich blöd!"

Münst hält inne. War da nicht ein Laut im Gebüsch? Nein, er muss sich getäuscht haben. Er wendet sich Seelos wieder zu: „Anzeigen werd' ich dich!"

„Nein, nicht! A-autsch!" Seelos stöhnt, die Kippe fällt ihm aus dem Mund. „Du kannst mir nichts beweisen."

„Dass ich nicht lache. Deine Kunden in Tübingen und Dettenhausen werden singen wie die Lerchen, wenn sie dadurch milder bestraft werden. Rechne mal mit fünf Jahren Bau."

Seelos macht eine Bewegung auf Münst zu, schreit auf und sackt zu Boden. Sein Gesicht, von dem die Bartstoppeln silbern abstehen, hat die Farbe frischen Betons.

Im Gebüsch knackt es wieder, Münst hebt den Kopf, da ist doch jemand. Ein Rascheln, dann Stille. Eine Ratte vielleicht oder ein Eichhörnchen.

Seelos hält sich das eingeklemmte Bein, versucht aufzustehen, schafft es unter Stöhnen und Keuchen sich hinzusetzen. Der dunkle Fleck auf seinem Hosenbein hat sich ausgebreitet.

„Konrad, lass mich laufen. Ich geb' dir, was du willst."

„Deine Tochter", will Münst sagen, beißt sich jedoch auf die Unterlippe und schweigt. Seelos nagelt ihn mit einem Blick fest, der tief in Münstes Seele eindringt.

„Ich weiß, dass du auf meine Barbara scharf bist. Ja, ja, gute Partie, hat von ihrer Mutter einige Äcker geerbt, die ich verwalte." Sein Gesicht verzerrt sich. „Die kriegt sie nur, wenn sie heiratet, wen ich will. Wie wär's mit einem eigenen Nest weit weg von deiner Frau Mama?"

Münst stutzt, Barbara hat unter Weinen erzählt, sie sei bettelarm.

„Du lügst!"

„Tu ich nicht. Die Grundstücke sind Gold wert, liegen im neuen Baugebiet Hasenhof. Unter uns, mein Freund, Barbara muss nichts von deinem kleinen Hobby im Kapitalen Bock erfahren."

Die Bemerkung trifft Münst wie ein nasskalter Waschlappen. Er legt auf Seelos' Kopf an.

„Erpresser du, umlegen sollte ich dich! Übrigens spiele ich nicht mehr."

Seelos' Lachen klingt wie Gebell: „Du kommst wieder, alle kommen wieder. Das Glitzern in deinen Augen, wenn du die Karten hältst, verrät dich. Wie fett ist dein Konto auf der Bank? Reicht es, ein Nest zu bauen? Barbara hat Ansprüche."

Vor Münstes Augen tanzen Blitze. Angst, seine Liebste zu verlieren, kriecht in ihm hoch. Er entsichert das Gewehr.

„Seelos, Gosche! Oder ich vergesse mich."

„Und dann? Jeder wird wissen, wer mich umgebracht hat. Ich bin dein Freund, glaub mir. Freunde verrät man nicht. Hilf mir, die verdammte Klammer aufzubiegen."

Münst ringt mit sich. Ohne Wilddieb kein Oberforstrat, stattdessen Barbara und obendrein Bauland, das er nie selbst kaufen könnte. Er leckt sich die Lippen. Wenn Seelos ihn verrät, wird Barbara ihn verlassen. Soll er das riskieren?

Er sichert das Gewehr, lehnt es an einen Buchenstamm und beugt sich zu Seelos hinunter, um ihn aus der Falle zu befreien.

Kaum ist Seelos frei, wankt er einen Schritt zur Seite, zieht erneut das Messer und sticht wie von Sinnen auf Münst ein. Er sticht ins Leere, trifft einen Arm, die abwehrende Hand, Münst geht in die Knie.

„Bist du verrückt? Ich dachte, wir sind Freunde."

„Pfeif was drauf, du würdest ja doch nicht dichthalten."

Seelos hebt seinen Arm, das Messer blinkt in der Morgensonne, seine Spitze zielt auf Münst.

Es klickt, ein Schuss peitscht über die Lichtung, und Seelos fällt wie in Zeitlupe zu Boden. Münst fährt herum und sieht in die Mündung seines Gewehrs.

„Barbara. Liebste, Gott sei Dank. Er – er wollte mich umbringen."

Er richtet sich auf, hält die blutende Hand auf den verletzten Arm und taumelt auf Barbara zu.

„Nimm das Ding runter, sonst passiert noch ein Unglück."

„Bleib stehen oder ich leg' dich auch um."

„Barbara, ich bin's, Konrad."

„Ein feiger Hund bist du."

Münst schluckt. „Warum hast du geschossen, wolltest du mich retten?"

„Nein, weil du Vater hättest laufen lassen."

Barbara schluchzt, der Gewehrlauf schwankt, sie presst den Kolben an die Wange.

„Meinst du, ich wüsste nicht, was ihr im Kapitalen Bock treibt?"

„Es ist nichts passiert, Barbara, wir haben nur ein bisschen gepokert."

„Nichts passiert? Was glaubst du, weshalb sich Mutter das Leben genommen hat? Er hat alles verspielt. Das Geschäft, unser Haus und meine Grundstücke, hörst du? Meine Grundstücke! Alles!"

Barbaras Stimme überschlägt sich. Münst blickt in ihr vor Hass entstelltes Gesicht, in ihre Augen, die überzulaufen drohen. Er würde gern ihre Haare streicheln, die aussehen, als wäre sie durch eine Brombeerhecke gekrochen.

„Wie konntest du nur auf Vater hereinfallen und glauben, er würde freiwillig etwas hergeben, das ihm gehört, du Idiot."

„Bitte, Barbara, ich wollte ..."

„Ja, ja, du wolltest mich heiraten, weil er dich mit Bauland geködert hat. Und ich dachte, du bist anders als die anderen."

Barbara wischt sich über die Augen, klemmt das Gewehr zwischen Schulter und Wange und kneift ein Auge zu.

Er muss ihr die Waffe wegnehmen.

„Barba…!" Münst räuspert sich, beginnt von Neuem: „Barbara, ich liebe dich doch. Mach jetzt keinen Fehler!"

Ganz langsam bewegt er sich auf sie zu, übersieht den toten Seelos im Gras und stolpert über ein Bein. Er rudert mit den Armen, sucht vergeblich nach Halt und reißt im Fallen das Gewehr mit.

Der Knall schreckt eine Schar Wildtauben auf. Ein Klagelaut schwillt an und erstirbt. Dann ist es still. Totenstill.

Christine Bendik

Allein unter Wölfen

Das Handy an ihrem Ohr zittert.

„Seanna hier. Seanna Falk", sagt sie leise. Mit vor Neugier gespitzten Öhrchen streicht Kater Hardy um ihre Beine. Es scheint, als gefalle ihm der Klang ihrer Stimme, die er so selten hört. Noch seltener als Katze Caras, die ihn in manch einsamer Sommernacht schnurrend und klagend vom Vorgarten her lockt.

Jetzt bleibt er stehen und schaut zu Seanna hoch. Sie lächelt ihm zu. Ob er es spürt: Da liegt etwas Fremdes in der Luft?

„Was kann ich für Sie tun, Frau Falk?"

Sie fröstelt in dem dünnen Shorty. Geht es eigentlich blöder? Was wird sie wohl haben wollen? Es hat sie übermenschliche Kraft gekostet, diese Nummer zu wählen. Überhaupt zu kommunizieren. Der einzige Mensch, mit dem sie telefonischen Kontakt hält, ist Herr Meixner, der Biobauer, der ihr Lebensmittel und sogar Katzenfutter bis vor die Wohnungstür liefert. Aber sie will sich nicht an einer dämlichen Frage aufhalten, und sie wird das Gespräch mit Frau Jost zu Ende führen. Tut sie es nicht, stürzt ihre mühsam zusammengekratzte Courage vielleicht ein wie ein Kartenhaus.

Die Stimme am anderen Ende der Leitung schweigt für eine Weile.

„Seanna Falk – natürlich. Kann es sein, dass ich Sie in meiner Kundenakte vermerkt habe?"

Kurz schwenkt Seannas Blick zum Tisch, von wo aus der Schöne sie mit seinen hellen Augen ansieht, den sie ausnahmsweise gestern Nachmittag nach dem Klingeln des Postboten in ihre Wohnung gelassen hat. Ohne Make-up fühlt sie sich nackt, und sie kehrt dem Mann den Rücken und schaut mit brennenden Augen aus dem staubigen Fenster auf die roten Vorstadtdächer.

Frau Jost plappert wie ein munterer Gebirgsbach.

„Aber ja, ich entsinne mich. Unser Telefonat, letzte Woche. Interessanter Rufname übrigens. Seanna. Klingt wie – ein Sonnenstrahl. Oh, tut mir leid, ich rede zu viel. Sie haben sich entschieden?"

„Ein Sonnenstrahl", denkt Seanna. Vielleicht war sie das früher einmal für ihre Lieben gewesen. Ein Licht in einer dunklen Zeit. Nun ist sie müde und krank, sehr krank. Sie hat keine Kraft, kein Lächeln, keine Liebe zu verschenken und muss sich zuerst um sich selbst kümmern.

Wie ein Spotlight brennt der Blick des Mannes in ihrem Nacken. Doch Seanna dreht sich nicht um, Auge in Auge mit ihm, das wäre ihr jetzt zu nah.

Sie hört ein Zischen, als ob ein Feuerzeug aufflammt, und sie stellt sich die Menschenverkäuferin vor. In Jeans und Birkenstock-Sandalen und mit einer Kippe im Mundwinkel sitzt sie hinter dem Schreibtisch ihres Home-Office und feilt ihre Fingernägel, während sie die heißesten Sahneschnitten an zahlungskräftige Damen vermittelt.

„Sind Sie noch dran? Frau Falk?"

„Mein Termin wäre am kommenden Samstag." Ist sie es selbst, die diese Worte sagt? Sie wundert sich über ihren eigenen Mut. Reflexartig beugt sie sich zu Hardy hinab, um ihre Hand in seinem weichen Fell zu versenken und ein wenig Wärme zu tanken.

Das Rascheln am anderen Ende zeugt von Geschäftigkeit.

„Wollen mal sehen. Ich habe die Liste vor mir liegen. Welcher Herr darf es denn sein?"

Seanna gibt sich einen Ruck und wagt es, sich umzudrehen. Sie starrt auf das Gesicht des Mannes in dem aufgeschlagenen Katalog auf dem Tisch. Sagt, dass sie Clas ausgewählt hätte. Den strammen Blonden aus Hannover. Den mit dem Bürstenhaarschnitt und dem Sixpack. Den Zusatz „und dem leeren Lächeln" verkneift sie sich und wendet sich wieder dem Fenster zu.

„Gute Wahl, Frau Falk. Sie hören dann von unserem Clas."

Seanna nickt, die Lippen zusammengepresst, die Finger in Hardys Fell gekrallt. Fehlte nur noch, dass Frau Jost „Unser Clas wird gern genommen" gesagt hätte.

Das Handy liegt ausgeschaltet auf der Fensterbank. Seannas Blick flieht aus der Penthouse-Wohnung über Dächer, Straßen und grüne Inseln zum Horizont. Die Frankfurter Skyline flimmert in der Mittagshitze. Arm in Arm mit Clas sieht Seanna sich selbst zwischen den Häuserschluchten wandeln. Ein wirklich hübsches Paar, und doch ist jeder für sich allein. Allein unter Menschen, die den Menschen Wölfe sind. Sie fürchtet sich vor den scharfen Krallen und den harten Worten, die ängstliche Seelen, wie sie eine ist, ins Schäfchengatter treiben. Komisch, dass sie gerade an ihren Vater denken muss.

Da draußen in der Welt der Models gibt es zu viele von ihnen. Zu viele Wölfe. Sie ist nicht mehr geübt darin, ihnen die Zähne zu zeigen.

Aber ein klein wenig kribbelt ihr Bauch, wenn sie an den Samstag denkt, wie bei einem Kind, das sich anschickt, ein lang ersehntes Geschenk auszupacken. Sie spürt, dass ihre Flügel Aufwind kriegen. Sie muss es wenigstens versuchen. Zuhören. Reden. Lachen. Einem Fremden in die Augen sehen und seinen Geruch ertragen. Der Mann aus Hannover wird ihr dabei helfen.

Jemand klopft und Hardy maunzt. Er wird Herrn Meixner an seinen Schritten erkannt haben. Jäh spürt sie wieder den Stein der Angst auf ihrer Brust, der ihr das Atmen erschwert. Ein Nachbar muss dem Lieferanten die Haustür geöffnet haben. Vor lauter Aufregung und Vorfreude hat Seanna den Liefertermin für die Biokiste verschwitzt.

„Ich bin nicht angezogen", ruft sie mit trockenem Mund, ohne sich von der Stelle zu rühren. Sie blickt an sich hinunter. Es ist bereits Mittag und sie sollte den Schlafanzug gegen Hose und Bluse tauschen. Hardy lässt einen hohen, schrillen Maunzer hören, der seinem Unmut über die Störung Ausdruck verleiht.

Seanna schließt ihre Augen. „Los", denkt sie, „mach endlich auf". Wenn sie das schon nicht schafft, wie soll sie am Wochenende mit den vielen Leuten umgehen? Außerdem legt sie für Meixner die Hand ins Feuer.

Doch der Flashback ist schneller als sie. Nicht angezogen … bin müde … mir ist schlecht … So oft hat sie die Worte gesagt, wenn Mama Nachtdienst hatte. Nicht angezogen. Bitte, lass mich in Frieden.

Sie geht in die Knie, keucht. Ihr wird übel, so wie damals. Vor ihrem geistigen Auge taucht der Bungalow im Ost-End auf. Im Haus ist es dunkel, nur die Deckenlampe im Flur draußen brennt.

Seanna starrt auf den hellen Fleck des Schlüssellochs. Sie hört Schritte und die vernichtende Stille, kurz bevor ihre Zimmertür knarrt. Ein Streifen Flurlicht zieht eine Spur über den Holzboden, bis vor Seannas Bett, wo sie die rosa Hausschuhe hingestellt hat. Es sind die Schuhe mit den silbernen Puscheln. Schweiß- und Whiskey-Cola-Geruch verpesten die Luft, noch bevor sich eine hohe, schmale Gestalt in Anzug und Krawatte durch den Türspalt schiebt.

Es ist der Wolf, Seannas Big Daddy, und sie ist sein Prinzesschen.

Einer Zeitbombe gleich tickt die Uhr über der Tür. Seanna presst ihre Hände auf ihre Ohren und schreit das Türblatt an, bevor der Lieferant den Korb mit dem leckeren Essen wieder mit nach Hause nimmt.

„Schon gut, Herr Meixner. Stellen Sie die Sachen vor die Tür.“

Als sie sich ächzend aufrappelt, wird ihr ganz schummrig vor Augen, und sie blinzelt heftig, um die schrecklichen Bilder zu vertreiben. Hardy will gar nicht aufhören, die Türe anzuraunzen.

„Die Tüte Kirschen gibt's gratis dazu“, ruft Meixner. „N'Haufen Überschuss dies' Jahr. Der heiße Sommer, wissen Se?“

Will er nicht endlich gehen? Presst er sein Ohr an die Türe und lauscht Seannas hastigen Atemzügen? Und wenn er am Ende doch versucht, einzudringen?

Automatisch gleitet ihre Rechte in ihre Hosentasche, fühlt das Schweizer Taschenmesser, mit dessen Klingen sich sogar Orangen schälen oder Nägel feilen lassen. Wie kleine Schraubstöcke schließen sich ihre Finger um die Plastikeinfassung. Seit Christophs Auszug aus der Wohnung ist das Messer ihr steter Begleiter und leistet ihr gute Dienste. An einem der besseren Tage kommt es vor, dass sie und ihr seelischer Helfer es gemeinsam bis hinab vor die Haustür zum Briefkasten schaffen.

Mit stockendem Atem fixiert sie die Tür. Die rechte Hand umklammert das Messer, die Nägel ihrer Linken graben sich tief in das Fleisch ihres Armes. Langsam schleicht sie näher, legt das Ohr ans Türblatt und hört doch nur ihren eigenen Puls rauschen. An den kahlen Treppenhauswänden bricht sich das Klappern von Meixners Clogs.

Erleichterung macht sich breit in Seanna. Sie lässt die Luft über die Lippen fließen, strafft ihre Schultern und spürt, wie der Schmerz in ihrem Arm nachlässt, als sie ihren Griff lockert. Dann geht sie zur Tür und sieht nach, ob Meixner nicht doch da draußen lauert.

Sie stellt die Biokiste im Flur ab. Himmel, wenn ihr jemand zusähe! Tag und Nacht diese grässliche Furcht vor den Menschen, vor dem Leben. Immer dieser Käfig mit den erdrückenden vier Wänden, aus dem man nicht mal den Kater entfliehen lässt und in den keiner ungestraft eindringt. Und dabei ist Seanna extra in die Großstadt gezogen, um zu arbeiten und von ihrer Arbeit zu leben. Es ist, als ginge der alte Wolf immer noch wie ein Schatten an ihrer Seite. Als flüsterte der Schatten ihr zu: »Trau keinem Menschen. Die Menschen sind schlecht«. Und wieder zweifelt sie an ihrem Mut. Hat sie sich zu viel vorgenommen? Gleich mitten hinein ins pralle Leben? In Mannis Roofgarden wird am Samstag der Bär toben. Zweihundert Mädels werden zum Casting erscheinen, in sexy Outfits, und Seanna wird eine von ihnen sein. Genauso wie früher.

Die Vorstellung treibt ihr den Schweiß auf die Stirn. Sollte sie nicht besser ... in kleinen und vorsichtigen Schritten? Die Stadt wimmelt nur so vor Therapeuten, die ihre Hilfe anbieten.

Sie wendet sich Clas' Foto zu, fährt mit den Blicken über seine Denkerstirn, verweilt im Fokus der blauen Augen. Clas Bergmann wird ihr Therapeut sein. Sie kann nicht glauben, dass er gut betuchte Damen eskortiert. Immer noch sieht sie ihn vor der Tafel stehen, in Jeans und Rollkragenpulli, mit der Untersuchung rationaler Funktionen beschäftigt. Ein Großteil seiner Schülerinnen hätte für ein Lächeln ihres Mathelehrers eine Fingerkuppe geopfert. Er hatte nur Augen für Seanna.

Klopft ihr Herz schneller, weil sie an ihn denkt, an die zärtlichen Pause-Minuten in dem engen Kopierzimmer hinter dem Sprachlabor? An Clas' warme, weiche Lippen und an seine suchenden Hände unter ihrem Shirt? An seine starken Arme, in denen sie Halt und Geborgenheit fand? Nein, ihr Herz klopft schneller, weil Big Daddys schwerer Atem ihr Ohr streift.

Es scheint kälter geworden zu sein im Zimmer, und Seanna verlangt es nach ihrem Baumwolljäckchen. Sie zieht es über, dann fährt sie den Laptop hoch. Es ist verdammt lang her, dass sie sich ihre Sedcard, ihre Model-Kartei, im Internet angeschaut hat. Fotos von ihrem letzten Lauf in Berlin tun sich auf. Das war vor zwei Jahren, sie erkennt sich kaum wieder. Goldpuder schimmert auf ihren Wangen, und ihre Stirn ziert ein Diadem. Einer Prinzessin gleich schreitet sie über den Laufsteg, in dem rosafarbenen Kleid mit der kleinen Schleppe.

Sie hat es geschafft. Sie steht auf eigenen Beinen, verdient ihr eigenes Geld und es bleibt sogar Zeit für das Studium. Dazugehören. Freunde haben. Und keine trüben Gedanken an gestern.

Mit dem Mausrad scrollt sie nach unten, zum nächsten Bild. Sie erinnert sich an die Szene, als sie ihrer besten Freundin Margie im Publikum einen Handkuss zuwarf. Nur eine Sekunde danach ist das Malheur passiert. Der Absatz ihres rosafarbenen Stilettos mit den hübschen silbernen Puscheln hat sich in der Schleppe verfangen. Sie stürzt und fällt vor Aller Augen zusammen wie ein Soufflé. Sie sieht die Gäste nicht, weil ihre Augen in Tränen schwimmen.

Wie eine Seifenblase platzt der schöne Traum vom Glamour, und die Leere macht wieder Furcht und Schrecken Platz. Rosa Puschen. Prinzessin. Wolf. In Seannas Kopf schwirren die Gedanken umher wie ein Schwarm Mücken.

„Unternimm was dagegen“, hat Christoph beim Auszug gesagt. „Was ist das für ein Leben? Sieh dich nur an. Du bist schon tot.“

Recht hat er. Und nun, da er weg ist: Was bleibt ihr denn noch? Selbst Margie hat die Segel gestrichen, weil sie das Elend nicht mehr mit ansehen konnte.

Seanna zieht ihre Hand aus der Hosentasche und legt das Messer auf den Tisch. Dann schaltet sie den PC aus und geht in die Küche, um eine Dose Katzenfutter zu holen.

"Wir schaffen das, gell, Hardy?“, murmelt sie und fühlt sich an den hoffnungsfrohen Spruch der Kanzlerin während der Flüchtlingskrise erinnert. Mit kalten, steifen Händen kippt sie den Doseninhalt in den Fressnapf und streicht dem Kater über das silberne Fell, bis ihre Hände warm sind.

„Clas ist der Beste", sagt sie, „wirst sehen".

Hardy stellt seine Ohren auf Habacht und sieht zu Seanna hoch, mit seinen glasklaren Raubtier-Augen.

„Mrrau", antwortet er, reibt sich noch einmal an ihren Beinen. Dann steuert er auf den Fressnapf zu. Was kümmern ihn Frauchens Sorgen, wenn ihm der Duft von Huhn in Reis in die Nase steigt? Was kümmert ihn ihre Furcht vor dem Samstag? Ihm ist es ebenso schnuppe, dass Clas Bergmanns Begleitung komplett ihr Sparbuch plündern wird. Und die Tatsache interessiert ihn nicht die Bohne, dass sie das Lotteriespiel der Modepuppen am Samstag verlieren könnte. Dass sie mit Haute Couture und Prêt-á-porter auf dem Catwalk scheitern und das Preisgeld und der rote Kleinwagen eine andere Besitzerin finden könnten. Und dass Seanna demnächst vielleicht von Hartz IV oder wahlweise gleich in der Geschlossenen leben muss. Ohne Hardy.

Seelenruhig genießt er sein Huhn, schmatzt, knirscht mit den Zähnen, rülpst und zupft ganz nebenbei kleine Wollflusen aus seiner Heizmatte, während Seanna zum Fenster geht und die Skyline mit den Bürohochhäusern betrachtet.

Schäfchenwolken ziehen über die Dächer Mainhattans. Wie frohe Augen glänzen die Fenster des Bleistifts im Sonnenlicht. Doch das Herz gefriert Seanna zu Eis beim Anblick der Wolkenkratzer. Vielleicht ist die Welt da draußen doch zu groß für sie. Ach, sie weiß nicht mehr, wie ihr geschieht. Sie kriecht ins warme Bett zurück.

"We love to entertain you". Der Slogan läutet eine Werbepause ein. Heidi Klum tanzt mit wehenden Haaren über die Mattscheibe. Es muss ein Zeichen sein.

Seanna drückt den Ausschaltknopf, morgen ist schließlich auch noch ein Tag und sie kann sich die Aufzeichnung auf YouTube ansehen.

Im Schlafzimmer tritt sie vor den Ganzkörperspiegel und wiegt sich in den Hüften. Ein roter Mund lächelt hoffnungsvoll. Das dichte, blonde Haar, gebändigt vom Glätteisen, schmiegt sich perfekt in den gewagten Ausschnitt ihres schwarzen Overalls. Die falschen Wimpern sitzen. Noch einen Tupfer Rouge, hinein in die schwarzen Lackpumps. Gut.

„Hör auf zu denken, Seanna. Du hast dich entschieden". Sie drückt ihre Lippen auf den Spiegel und zwinkert sich zu. Ob sie sich Clas anvertraut, ihm sagt, dass sie kaum Luft kriegt, bei dem Gedanken, das Haus zu verlassen? Dass sie sich gleich übergeben muss? Er würde es nicht verstehen.

Sie öffnet die Tür, ihr Blick trifft auf staunende Augen. Clas scheint es nicht gewohnt zu sein, dass junge, hübsche Frauen ihn buchen.

„Du? Also doch."

Ihre Hand weist ihm den Weg in den Flur. Er rührt sich nicht von der Stelle.

„Setz dich doch, Clas." Aber seine Schuhsohlen scheinen auf dem Laminat des Flurs festgeklebt zu sein. Sie sagt, dass sie einen Drink holen gehe, kehrt ihm rasch den Rücken und spürt, dass seine heißen Blicke sie verfolgen.

Er sieht verdammt gut aus, besser als auf dem Foto. Seine Haut duftet nach „Only the Brave", und sein Lächeln ist gar nicht oberflächlich, sondern ausnehmend sympathisch. Genauso wie früher. Der Druck auf Seannas Brust weicht einem tiefen Atemzug. Trotzdem lässt sie Vorsicht walten. Menschen ändern sich und sie beide haben einander lange Zeit aus den Augen verloren.

Endlich schließt sich die Tür mit einem leisen »Klick«. Hardy jault verhalten, als Seanna aus der Küche zurückkehrt, die Getränke auf dem Tisch platziert und sich sodann Schutz suchend in ihren roten Ohrensessel schmiegt. Clas auf der Couch steckt sich eine Zigarette an. Der Glastisch zwischen ihnen sorgt für den nötigen Abstand.

Ihre Blicke wandern über sein Gesicht, seine Hände. Ob er ähnlich nervös ist wie sie?

Locker umschließen seine Finger das Glas.

„Du bist noch hübscher geworden", sagt er, lächelnd. Fältchen zieren seine Augenwinkel.

Zaghaft erwidert sie sein Lächeln. Wird er einen guten Job machen und sie ansonsten in Ruhe lassen? Sie hält seinem frechen Blick stand. Fast fürchtet sie, dass er gleich zum ersten Mal ihren Kosenamen ausspricht. Kurz und knapp und zärtlich. Anna. Und sie beeilt sich, zuerst zu reden.

„Ich brauche deine Hilfe, Clas."

Er nippt an seinem Scotch, schaut sie nur an und stellt zum Glück keine Fragen, während sie kurz den Ablauf des Samstagabends umreißt. Allmählich lässt ihre Anspannung nach. Sie spürt, wie sich ein Schalter umlegt, wie sie Zutrauen fasst. Sie kann sich immer noch auf ihn verlassen.

„Wirst sehen, es wird ein schöner Abend", verspricht Clas. Wie eine sanfte Welle der menschlichen Wärme streicheln seine Worte ihr Ohr, jeder Buchstabe eine kleine Liebkosung.

Sie genießen den Scotch zu Ende, dann brechen sie auf. Ganz Gentleman, hält Clas die Türe auf. Aber dann bleibt er stehen.

„Was hast du?"

Seine Blicke, die in ihrem Gesicht forschen, an ihren Lippen hängen, sprechen Bände. Sie tritt einen Schritt zurück.

„Lass uns gehen."

„Wieso hast du mich gewählt?"

„Es war ein Zufall. Der Katalog … Ich dachte …"

„Wieso?"

„Nicht jetzt, bitte."

„Küss mich, Anna. Kleine Anna."

„Du kennst die Regeln."

Sie will an ihm vorbeigehen. Dort hinaus, wo das düstere Loch des Treppenhauses ihre Gestalt verschluckt, sie vor den gierigen Blicken versteckt. Clas hebt die Hand, lehnt sie hoch an den Türrahmen, so dass Seanna der Weg nach draußen versperrt bleibt.

„Was soll das?“

Seine Stimme klingt rau. „Ich habe so oft an dich gedacht.“

„Schluss damit.“

„Weißt du noch? Die alten Zeiten?“

„Zu lange her“, sagt sie.

„Magst du mich denn gar nicht mehr leiden?“

Sie tut den Teufel, zu lächeln. „Hör auf“, denkt sie. „Sofort. Sonst …“

„Ich werde mich beschweren.“

„Gott, ist das süß.“ Er streicht ihr sanft den Nacken, bis ihr eine Gänsehaut über den Rücken läuft. Sie zuckt zurück. Sein hässliches Lachen erfüllt den Raum. „Süße Anna. Da wird die Jost aber Augen machen.“

Seanna beißt die Zähne aufeinander. Wer hat schon an Clas Bergmann etwas auszusetzen?

Sanft drängt er sie in den Raum zurück und schließt die Tür.

„Mach mir nichts vor. Du willst es. Ich kenne diesen Blick.“

Sie hört ihr eigenes Kichern. Eigentlich ist ihr nach Weinen zumute. Bis hierher hat sich doch alles ruhig und vernünftig angelassen.

Zitternd vor Kälte und Angst fasst sie in ihre Hosentasche.

„Mach die Tür auf", presst sie hervor. Aber er schubst sie vorsichtig Richtung Schlafzimmer, nicht ohne Triumph im Blick. Hardy hat sich unter den Esstisch verkrochen und maunzt erbärmliche Töne, während er zusieht, wie Clas stehenbleibt, Seannas Arme packt und sie sich mit sanfter Gewalt um seine Taille legt.

„Komm schon", sagt er, „Zier dich nicht so." Die Mischung aus seinem Eau de Toilette und seinem Schweiß steigt säuerlich in Seannas Nase.

Sie hat ihm nichts entgegenzusetzen. Der Abend ist gelaufen. Jetzt geht sie sowieso nicht mehr vor die Tür. Und als Clas ihre Arme für einen Moment loslässt, verpasst sie die Gelegenheit zur Flucht.

Etwas in ihrem Schädel scheint mit einem „Plopp" zu zerplatzen. Ihr ist auf einmal so leicht zumute, und sie taumelt. Clas lächelt sein Siegerlächeln, als seine Arme sie auffangen, und sie sich nicht länger zur Wehr setzt.

Sie nimmt einen tiefen Atemzug, dann löst sie ihre Arme, vergräbt ihre Hände in ihren Hosentaschen.

„Ich wusste es", sagt er. „Und wir haben noch Zeit." Seine Lippen suchen ihren Mund.

Sie sieht ihn an. Wieder zerplatzt eine kleine Blase in ihrem Kopf. Seanna scheint aus sich heraus zu treten. Sieht sich selbst dabei zu, wie sie sich eng an den Toy-Boy schmiegt, dessen Lächeln wieder an Oberflächlichkeit gewinnt. Wie sie ihren Mund auf sein Wolfsmaul presst, während ihre Hände aus ihrer Hosentasche fahren.

Wie sie einen kleinen Schritt seitlich macht, die Hände in ihrem Rücken versteckt. Wie sie die schärfste Messerklinge aufklappt.

„Ich liebe dich, Big Daddy", haucht sie. Dann kichert sie. Eine Träne rollt über ihre Wange. Katzenaugen starren sie an, als das Blut von Clas' Hals auf das silbern schimmernde Fell tropft.

Sie atmet tief. Die Prinzessin hat den Wolf erlegt. Sie geht ins Bad, wäscht ihr Gesicht, zieht den Overall aus, hängt ihn sorgfältig auf einen Bügel und schlüpft in das Shorty.

Katie Schweitzer

Gefangen

Schräge Sonnenstrahlen spiegeln sich in Butzenscheiben, malen zittrige Muster auf weiß gekalkte Wände. Die Glocke der Klosterkirche schlägt sieben Mal. Es ist die Stunde des Zwielichts, jene Phase des Tages, in der Wirklichkeit und Schein verschwimmen.

Ich habe für den Abschlussabend meines Seminars eine Flasche Wein aus der Getränkeecke geholt und mich verlaufen. Die Bauarbeiten, die das Klostergebäude in eine Tagungsstätte umwandeln sollen, sind noch nicht beendet. Verwinkelte Gänge, Mauerdurchbrüche, leere Räume, wo bin ich nur? Ich öffne eine Tür, stolpere mehrere Stufen hinunter und finde mich in einem langen fensterlosen Durchgang wieder. Ein scharfer Luftzug streift mein Gesicht – hinter mir donnert die Tür zu. Eine Baustellenlampe schaukelt, in ihrem trüben Licht tanzen die Schatten einer Bockleiter. Die Steinquader der unverputzten Wände scheinen sich auf mich zuzubewegen. Ich taumele gegen verschmutzte Eimer, Zementsäcke und Arbeitsgeräte, ein Geruch nach Mörtel und Mäusekot verursacht mir Übelkeit. Irgendwo tropft es ungleichmäßig und hohl. An meinen Beinen kriecht feuchte Kälte hoch.

Ich steige die Stufen wieder hinauf, taste nach der Türklinke. Vergebens. Wenn nur das Licht heller wäre! Meine Finger tasten einen größeren Bereich ab. Nichts.

Auf dieser Seite der Tür gibt es keine Klinke, ich bin eingeschlossen.

Vom anderen Ende des Ganges hallen Schritte herüber. Ich atme auf, demnach gibt es dort einen zweiten Ausgang. Die Schritte nähern sich, in dem diffusen Licht werden die Konturen einer Frauengestalt sichtbar. Bevor ich nach dem Weg zurück in den Gemeinschaftsraum fragen kann, spricht mich eine rauchige Frauenstimme an.

„Kennst du mich noch?"

Die Fremde bleibt vor mir stehen. Ihre Kleidung riecht wie der Inhalt der Kleiderkiste auf dem Dachboden meiner Großeltern.

„Eh ..., nein, ich weiß nicht."

Ich blinzele, um die Fremde besser sehen zu können, doch sie verbirgt ihr Gesicht im Schatten. Seltsam, dieses grüne Kostüm, das sie trägt, so eins besaß ich auch einmal.

„Rosemarie, wir kennen uns aus Andersleben."

Ich zucke zusammen. Wer kennt mich hier aus meiner Zeit bei Kunath & Co in Andersleben? Zum Glück ist die Frau nicht aus meinem Kurs.

„Wer sind Sie?", frage ich, ohne es wirklich wissen zu wollen.

Sie lacht, herausfordernd, mit einer Prise Gehässigkeit.

„Ich bitte dich, Rosi, warum so förmlich? Wenn ich an unsere letzte Begegnung denke, dann passt das nicht zu dir."

Sie zeigt auf den Rotwein in meinem Arm.

„Die wievielte ist das heute schon?"

Hoffentlich sieht sie nicht, wie die Hitze in meinem Gesicht aufsteigt. Ich schiebe die Flasche tiefer in meine offene Jacke. Ich will weg hier, weg von dieser unheimlichen Fremden.

„Nein, ich kenne Sie nicht. Bitte lassen Sie mich vorbei.“

„Rosi, Rosi!“ Die Gestalt geht um mich herum, ich spüre ihren Atem an meinem Ohr, höre ihre missbilligende Stimme.

„War die Geschichte in Andersleben keine Lehre für dich? Willst du es wieder vermasseln? Das Seminar wäre eine Chance für dich.“

„Verschwinden Sie! Ich weiß schon, was ich tue.“

„Tatsächlich? Was hat dann die Flasche zu bedeuten?“

Ich richte mich hoch auf und werfe den Kopf in den Nacken.

„Ich bin hier auf einem Führungslehrgang und nicht auf Entzug. Außerdem trinke ich nur so viel, wie ich vertrage.“

„So, so!“, der Spott ist nicht zu überhören. „Du hast versprochen, in dieser Woche keinen Tropfen zu trinken, Rosi. Schon vergessen?“

Ich beiße mir auf die Unterlippe. Woher weiß sie das? Ach, was soll’s, es ist lustig mit den anderen. Alle trinken was. Wieso ich nicht? Laut sage ich:

„Versprochen habe ich gar nichts.“

Jetzt steht die Fremde wieder vor mir, kommt einen Schritt näher. Sie streckt ihre Hand nach der Flasche aus.

„Komm, Rosi, gib sie mir.“

Am Ärmel ihres Kostüms entdecke ich einen Fleck, einen hässlichen ovalen Brandfleck. Das ist mein Kostüm! In die Mülltonne hatte ich es geworfen nach jener Feier in Andersleben. Genau wie die Schuhe. Wie kommt diese Person an mein Kostüm? Mein Blick wandert zu ihren Füßen: rote Pumps! Wie meine an jenem Abend.

Ich höre ein Stöhnen. Bin ich das? Mit der freien Hand fahre ich mir über die Stirn, durch die Haare, um die Erinnerungen zu verscheuchen.

„Weißt du noch, wie du die Schuhe ausgezogen hast? Auf den Tisch bist du gesprungen, um den Kollegen zu zeigen, wie man Charleston tanzt. Denkst du manchmal an ihr Pfeifen und Grölen? An Karstens entsetzten Blick, als du in den Ständer mit den brennenden Kerzen fielst? Und wie der dicke Chef aufgesprungen ist, das Gesicht hochrot vor Zorn?"

Die Stimme ist so nah, als säße sie in meinem Kopf.

Nein, ich will mich nicht erinnern. Karsten, das ist vorbei. Und der dicke Chef kann mich mal. Seit dem Rausschmiss habe ich beide aus meinem Gedächtnis radiert. So Sachen mache ich nicht mehr. Bestimmt nicht. Nach diesem Seminar fange ich nämlich als Leiterin einer Fachabteilung neu an. Ich muss nur noch den Vertrag unterschreiben. Morgen.

Ich will die Fremde beiseiteschieben, doch meine Finger zittern so heftig, dass ich sie nicht erreiche. Ich will mich an ihr vorbei zwängen, doch ihr Blick scheint mich festzunageln. „Machen Sie Platz!", will ich sagen, doch meine Zunge liegt dick und trocken in meinem Mund, lässt keinen Ton vorbei.

Ein Hustenreiz kratzt in meinem Hals. Ich schlucke. Huste. Ich muss einen Schluck trinken. Jetzt. Nur einen. Hastig ziehe ich die Flasche aus der Jacke, entferne mit fliegenden Fingern die Umhüllung vom Flaschenhals und stelle fest, dass sie mit einem Korken verschlossen ist. Ich presse den Daumen darauf. Bis zur Schmerzgrenze. Der Korken lässt sich nicht eindrücken. Scheiße! Panik steigt in mir auf. Ich blicke mich um, entdecke einen Werkzeugkasten.

„Rosi! Das ist ein Zeichen, lass es!" Die Stimme der Fremden hat etwas ekelhaft Quengelndes. Ich werde einfach nicht mehr hinhören.

Ein neuer Hustenanfall überwältigt mich, um ein Haar hätte ich die Flasche fallen lassen.

„Siehst du nicht, dass ich dringend etwas zu trinken brauche?", krächze ich und stürze mich auf das Werkzeug.

„Rosi, hör auf mich! Die Abschlussveranstaltung ist ein Test."

„Test! Test! Test!", echot es von den Wänden.

Jeder Atemzug fordert einen weiteren Hustenanfall heraus. Vor meinen Augen flimmert es, unter meinen Achseln durchnässt kalter Schweiß meine Bluse.

„So ein Blödsinn", heule ich, „Sie wollen mich nur verunsichern, gönnen mir den schönen Abend nicht."

Ich wühle in dem Werkzeug, finde endlich einen spitzen Gegenstand. Ich steche in den Korken, immer und immer wieder, bis Korkstückchen heraus bröseln. Abrupt flutscht der Korkenrest in die Flasche, und ein Schwall Rotwein schießt empor, besudelt meine Seidenbluse und die Hose. Das ist jetzt unwichtig.

Ich setze die Flasche an den Mund, trinke, trinke, bis ich Luft holen muss. Ah, tut das gut.

Während ich die Flasche erneut ansetze, sehe ich aus den Augenwinkeln, wie sich die Fremde entfernt. Na, endlich.

Ihre Schritte werden leiser, sie steigt eine Treppe hinauf, ein Scharnier knarrt, ein heftiger Luftzug lässt mich schaudern – dann donnert die Tür zu.

Katie Schweitzer

...weil unsre Augen sie nicht sehn!

Vor mir auf dem Stuhl kauert eine Jammergestalt. Die Augen blicken ziellos ins Nichts irgendwo hinter mir. Eine Hand umklammert das picklige Kinn, um Halt beim Abbeißen der zerfransten Fingernägel zu finden. Die andere wringt unablässig einen Zipfel des T-Shirts, das auf der Vorderseite von einem Zähne fletschenden Monster beherrscht wird. Die spillerigen Beine und die Stuhlbeine sind dermaßen verheddert, dass ich fürchte, sie lassen sich nie mehr entwirren.

Sieht so ein Gewalttäter aus?

Philipp Mertens, 13 Jahre, Scheffel-Realschule, Klasse 6C soll blindwütig auf einen Klassenkameraden eingedroschen, ihm das Nasenbein gebrochen und eine Gehirnerschütterung verursacht haben. Meine Aufgabe als Schulpsychologin ist es, herauszufinden was unter dem verfilzten Haarschopf vorging, und angemessene Konsequenzen zu empfehlen.

Während ich den Bericht über den Vorfall noch einmal überfliege, beobachte ich gleichzeitig den Jungen aus den Augenwinkeln.

Der Klassenlehrer, Herr Schröder, gibt zu Protokoll: „Auf dem Weg zum Unterricht in die 6C nach der Elf-Uhr-Pause hörte ich schon auf dem Gang lautes Schreien aus dem Klassenraum. Ich betrat ihn in dem Moment, als Philipp den Arm hob und eine Flasche auf Thorstens

Kopf schlug. Ich sprang hinzu, konnte jedoch nicht verhindern, dass er ein zweites Mal zuschlug und, weil Thorsten sich wegdrehte, die Nase traf. Die Plastikflasche zerplatzte und Sprudel spritzte über Philipp, Thorsten und die Umstehenden. Philipp starrte den ohnmächtig auf dem Boden liegenden Thorsten an, gab einen spitzen Laut von sich und hetzte aus dem Raum. Ich kümmerte mich um den Verletzten und rief per Handy den Notarzt."

Soweit der Sachverhalt. Es folgt die Befragung der Klassenkameraden Tina Schmidt, Holger Meindl, Tim Grüner und Kai-Olaf Bergmann, die übereinstimmend aussagen, dass sie sich Philipps Ausbruch nicht erklären könnten. Es hätte einen kurzen Wortwechsel zwischen ihm und Thorsten gegeben. Nein, worum es ging, hätten sie nicht gehört. Philipp hätte ganz unvermittelt Tims Sprudelflasche ergriffen, die auf dem Tisch stand, und zugeschlagen.

Klingt wie abgesprochen, mein Gefühl sagt mir, dass das Grüppchen etwas verschweigt.

Der Klassenlehrer beschreibt Philipp: „Er ist in der Klasse ein Außenseiter, hat keinen Freund und sitzt allein. Er ist nicht dumm, aber chaotisch. Wenn er besser aufpassen würde, könnte er ein guter Schüler sein. Er meldet sich fast nie und scheint aus einem Traum zu erwachen, wenn man ihn aufruft. Ermahnungen haben keinen Erfolg. Nur in Erdkunde zeigt er Interesse, weiß er mehr als der Rest der Klasse. Die Kollegen und ich können die Gründe für Philipps Gewalttat nicht nachvollziehen. Allerdings ist die Mutter allein erziehend und berufstätig, vermutlich ist sie mit dem Kind überfordert."

Ich fühle Wut auf die Lehrer hochsteigen, die zwar Signale wahrnahmen, aber keinen Handlungsbedarf sahen. Wie bequem, die Schuld einseitig auf die Mutter zu schieben.

Erinnerungen blitzen auf, die hier nichts zu suchen haben. Um sie zu verscheuchen fahre ich mir durch die Haare, reibe mir die Stirn. Ich muss neutral und sachlich bleiben.

Langsam schließe ich die Akte, nehme die Brille ab und blicke den Jungen fest an.

„Den Schulbericht mit den Aussagen deiner Mitschüler und des Lehrers über deinen Angriff auf Thorsten kenne ich nun", beginne ich. „Ich verstehe ein paar Dinge nicht, deshalb bitte ich dich, mir deine Version zu schildern." Er reagiert nicht, die aufgerissenen Augen blinzeln nicht einmal.

„Philipp, wenn du schweigst, schreibe ich das in meinen Bericht und schließe ihn. Damit wäre meine Arbeit erledigt. Thorsten wäre das Opfer, du wärst der Bösewicht. Basta! Ich glaube jedoch, es gibt etwas, was ich wissen sollte, und nur du mir erzählen kannst."

Er befreit sein Kinn aus der Hand und schnieft. Er blinzelt, und endlich bahnen Tränen sich ihren Weg. Ich werfe ihm ein Päckchen Papiertaschentücher zu. Er greift danach, aber es fällt zu Boden. Während er sich bückt, höre ich ihn murmeln.

„Bitte, Philipp, wiederhol' das noch einmal, ich habe dich nicht verstanden."

Philipp wischt sich mit dem T-Shirt übers Gesicht, hebt den Kopf und stößt hervor: „Die sind so gemein zu mir! Keiner kann mich leiden!"

Die Worte lassen mich zusammenzucken. Doch ich darf mich jetzt nicht ablenken lassen, ich muss den Kopf frei behalten.

„Kannst du mir das genauer erklären?"

„Immer nehmen sie mir was weg und sagen, ich hätte es selbst verschlampt: Stifte, Turnschuhe und so. Meine Mutter schimpft dann, sie glaubt mir nicht, dass es die anderen waren. Am Tag davor haben sie mir aufgelauert. Auf dem Heimweg. Meinen Rucksack weggenommen und versteckt. Bis abends hab ich gesucht, dann kam die SMS, er läge hinter den Mülleimern von der Schule. Ich hab ihn gefunden, aber das Matheheft war weg. Da konnte ich keine Hausis machen und Frau Schatz hat mir Strafarbeit aufgegeben. In der Pause lag das Heft plötzlich auf meinem Platz und jemand hatte drin 'rumgekritzelt."

Trotzig schaut er mich an: „Es war Thorsten! Die SMS kam von seinem Handy."

„Was geschah dann?"

„Ich habe ihm gesagt, wenn er das noch mal macht, verhaue ich ihn. Da hat er so fies gelacht und mich geschubst und der Kai, der Holger, Tina und noch andere haben gelacht und Thorsten zugerufen: Gib's dem Blödian! Zeig's dem Warmduscher!" Die Stimme überschlägt sich. Philipp schluckt.

„Weiter!", ermuntere ich ihn.

„Ich habe es nicht mehr ausgehalten, sie sollten endlich ruhig sein. Es war wie – ja, wie eine Explosion in meinem Kopf. Dann stand da die Flasche. Ich hab sie mitten in Thorstens Lachen gehauen. Überall war auf einmal Sprudel. Und Blut. Thorsten lag auf dem Boden. Alle schrien. Schrien ganz laut. Da bin ich weg."

Gegen Ende ist Philipps Stimme brüchig geworden. Nun wimmert er leise vor sich hin. Ich muss mich zusammenreißen, damit ich ihn nicht in die Arme nehme. Ein kleines Kindergesicht schiebt sich zwischen ihn und mich, und ich höre ein fernes Stimmchen klagen: „Keiner will mit mir spielen, Mama. Alle sind zum Geburtstag eingeladen, nur ich nicht. Das tut so weh. Tut es auch weh, wenn man tot ist?"

Philipps Räuspern holt mich in die Gegenwart. „Ist Thorsten schlimm verletzt? Muss ich jetzt ins Gefängnis?"

„Er kommt wieder in Ordnung", antworte ich. „Du hast etwas Schlimmes getan, Philipp, aber Kinder müssen nicht ins Gefängnis. Ich werde der Schulbehörde berichten und hoffe, dass man Verständnis für deine Gründe hat. Gemeinsam mit deiner Mutter werden wir überlegen, welche Hilfe du brauchst, damit du so etwas nie wieder tust. Du kannst jetzt gehen."

Als ich allein bin, schließe ich die Augen, und die Erinnerung fällt über mich her.

Auf einer Straße liegt ein Häuflein Mensch, die blaue Mütze daneben kenne ich gut. Es war ein Unfall, sagen die Leute. Ich weiß es besser.

Nur für einen Moment gestatte ich mir den bitterbösen Wunsch, auch mein Kind hätte seine Verzweiflung nicht an sich selbst, sondern an anderen ausgelassen.

Katie Schweitzer

Das Verhör

Zeitungsmeldung

In einem Vorort von Stuttgart wurden aufgrund eines anonymen Hinweises im Garten eines Einfamilienhauses vier teils skelettierte Babyleichen gefunden, die jüngste erst wenige Tage alt. Die Polizei verhaftete gestern in den Abendstunden eine 41jährige Frau, die das Haus mit ihrem Lebensgefährten und drei Kindern bewohnt.

Szene 1

Mein Name ist Birgit Mühlberg, Kriminaloberkommissarin, ich soll die Verdächtige verhören. Bisher hatte ich es nur mit den üblichen Kriminellen wie Dieben, Junkies, Zuhältern zu tun; kein Thema für mich, sie hart und emotionslos ins Verhör zu nehmen. Diesmal soll ich, wie mein Chef empfahl, ‚einen auf Verständnis machen'.

Was bewegt eine Frau dazu, ihre neugeborenen Kinder zu ermorden? Verzweiflung? Wurde sie gezwungen? Ist sie psychisch krank? Mir bricht der Schweiß aus, mein Magen rebelliert, ich habe Angst zu versagen.

Sie sitzt an dem alten Tisch in unserem stickigen Vernehmungsraum, klein, unscheinbar, ein zaghaftes Lächeln im Gesicht. Die Silberfäden in ihren fettigen dunklen Haaren schimmern im kalten Licht der Neonlampen. Es gelingt mir nicht, den Gestank ihrer verschwitzten Kleidung zu ignorieren.

Wir haben die Formalitäten erledigt. Helen soll ich sie nennen. Okay, das schafft Vertrauen. Ihre Fingernägel mit den dunkelroten Nagellackresten kratzen in einer kreisförmigen Bewegung über die Kunststoffplatte des Tischs, fahren die Risse nach, verharren, nehmen ihre kreisförmige Fahrt wieder auf.

„Helen, in der ersten Vernehmung haben Sie ausgesagt, dass niemand etwas von den Geburten mitbekommen habe, dass Sie die Neugeborenen völlig allein getötet hätten. Bleiben Sie bei dieser Aussage?"

„Ja, ich habe meine Babys allein in Tücher eingepackt und bei den Johannisbeer-Sträuchern beerdigt."

„Wie viele Kinderleichen haben Sie vergraben?"

„Drei."

„Drei? Nicht vier?"

„Ich kann mich nicht erinnern."

„Aber dass Sie die Säuglinge ohne fremde Hilfe vergraben haben, wissen Sie?"

„Ja. Harald war nicht da."

„Bitte erinnern Sie sich, wann genau das geschah."

„Am letzten Sonntag, die anderen weiß ich nicht mehr."

„Aus welchem Grund haben Sie Ihre Neugeborenen getötet?"

„Er hätte mich doch sonst verlassen. Wir sind schon seit der Schulzeit zusammen. Ohne ihn kann ich nicht leben."

„Warum haben Sie nicht verhütet?"

„Das darf man nicht, es ist eine Sünde."

Sie fasst sich an den Hals, ihre Finger suchen, aber die

Kette mit dem Kreuz wurde ihr abgenommen.

„Es hätte die Möglichkeit der Adoption gegeben."

„Meine Babys zu fremden Leuten? Niemals! Wer weiß, was dort mit ihnen passiert wäre."

„Sie haben sie ermordet, finden Sie das eine bessere Lösung?"

„Was wissen Sie schon."

„Erklären Sie's mir."

Helen schweigt, ihre Finger nehmen die Wanderung über den Tisch wieder auf. Sie summt leise vor sich hin. Wo bleibt nur die Psychologin, die mich über das Headset unterstützen soll?

"Helen, ich will Ihnen helfen. Dafür muss ich wissen, was geschehen ist. Noch einmal: Wie viele Ihrer Babys haben Sie umgebracht und vergraben?"

„Begraben habe ich sie. Be-graben."

„Bitte bleiben Sie ruhig, okay? Also begraben. Waren es drei oder doch vier?"

(---)

„Helen?"

„Kennen Sie meine Kinder, Frau Kommissarin? Sie heißen Anton, Carolin und Maja. Es sind gute Kinder. Wohin haben Sie sie gebracht? Sie dürfen nicht bei ihm sein. Verstehen Sie? Auf keinen Fall! Ich muss auf sie aufpassen. Geht das? Bitte!"

„Helen, setzen Sie sich wieder hin. Nein, das geht nicht, und das wissen Sie."

„Die Kinder dürfen nicht zu Harald. Bringen Sie sie zu meiner Mutter."

„Was ist mit Ihrem Lebensgefährten, Herrn Scheurer? Warum darf er Ihre Kinder nicht betreuen? Es sind auch seine Kinder, oder nicht?"

Helen sinkt in sich zusammen. Sie verschränkt die Arme, bohrt ihre Hände in die Jackenärmel und wiegt ihren Oberkörper vor und zurück. Sie presst die Lippen aufeinander. *„Fragen Sie"*, sagt eine Stimme in meinem Ohr, *„was genau sie ihrem Lebensgefährten vorwirft."* Ich atme auf, Claudia, unsere Psychologin, ist da.

„Ich verstehe Sie nicht, Helen. Sie töten mehrere Neugeborene, weil Ihr Lebensgefährte Sie sonst verlässt. Was ist mit Ihren anderen Kindern? Will er die auch loswerden?"

Helen schüttelt den Kopf. Sie zerrt ihre Hände aus den Jackenärmeln und fährt sich durchs Gesicht. Der Schweißgeruch breitet sich aus, ich versuche, ganz flach zu atmen. Helen schweigt.

„Sie haben einen wunden Punkt getroffen. Sie macht dicht. Wechseln Sie das Thema."

„Sie erinnern sich an die Geburten? - Ja? - Bitte lauter. - Gut! Sie sagten vorher, Sie seien allein gewesen. Stimmt das wirklich?"

„Ja."

„Bitte berichten Sie, wie das ablief."

„Da war so viel Blut. Ich war nach der Geburt nass geschwitzt. Harald kann nicht leiden, wenn ich schwitze. Ich wollte mich waschen. Das ..., das Baby schrie. Ich hatte Angst."

„Heißt das, Ihr Partner war doch dabei?"

Helen lehnt sich mit einer heftigen Bewegung zurück und verschränkt wieder die Arme. Sie dreht den Kopf von mir weg. Was ich auch frage, sie rührt sich nicht und schweigt. Ich bin erschöpft, muss raus hier, der Gestank bringt mich sonst um. Soll doch ein Kollege weitermachen.

Szene 2

Claudia steht in der Kaffeeküche, neben ihr mein Chef. Er redet auf sie ein, sie pustet in ihren Kaffee und hört zu. Ich melke mir einen Becher Cola aus dem Automaten.

„Hallo Birgit, Sie sehen mitgenommen aus. Sind Sie krank?"

„Nein, es ist nur der Gestank der Tatverdächtigen. Irgendetwas stimmt nicht mit ihren Aussagen, sollen wir weitermachen? Vielleicht jemand mit einer weniger empfindlichen Nase? Ich kann nicht weiter."

„Heute wird sie nichts mehr sagen, sie hat sich eingeigelt."

Dr. Hanser runzelt die Stirn.

„Mit Kindsmörderinnen stimmt es nie. Das schlechte Gewissen kratzt an der Oberfläche, das ist unsere Chance. Wir sollten dran bleiben, bis sie zusammenbricht."

„Herr Dr. Hanser, was von der Frau übrig ist, werden Sie oder Ihre Mitarbeiter heute nicht mehr knacken. Sie sollten noch einmal diesen Lebensgefährten vernehmen. Ich habe mir das erste Vernehmungsprotokoll angesehen. Der ist nicht so ahnungslos, wie er sich gibt. Schauen Sie die Frau an. So schmal wie sie ist, kann sie eine Schwangerschaft vor ihrem Partner nicht verheimlichen. Ach ja, bei wem sind die Kinder?"

„Sie sind in einer Pflegestelle, eigentlich wollte der Vater sie morgen abholen und mit ihnen in die Wohnung zurück."

„Ich halte das für keine gute Idee. Wer weiß, was wir außer den Babyleichen ausgraben."

Szene 3

Auf meinem Schreibtisch liegt das Protokoll der Vernehmung von Harald Scheurer, Werkzeugmacher, durch meinen Kollegen Konrad Altmann.

Scheurer: Wir wollten keine Kinder mehr, da waren wir uns einig. Als sie wieder schwanger wurde, habe ich vorgeschlagen, das Kind abzutreiben, aber sie wollte nicht. Sie hat es bekommen, während ich auf Montage war, und gesagt, sie hätte es in die Babyklappe gelegt.

Altmann: Wie oft war sie nach den drei lebenden Kindern schwanger?

Scheurer: Keine Ahnung. Was am Sonntag war, weiß ich auch nicht. Vier Leichen, das kann ich mir überhaupt nicht erklären.

Altmann: Sie sagen, Sie waren auf Montage. Ihre Frau hat ausgesagt, dass sie das letzte Neugeborene am vergangenen Sonntag vergraben hätte. Waren Sie an dem Tag auch auf Montage?

Scheurer: Wir hatten Streit, deshalb bin ich schon vormittags zu meinem Kumpel. Abends sind wir losgefahren nach Aachen. Mehr weiß ich wirklich nicht. Kann ich jetzt gehen? Ich will meine Kinder abholen.

Altmann: Die Kinder bleiben in der Obhut des Jugendamts, bis wir Ihre Angaben überprüft haben. Halten Sie sich bitte zu unserer Verfügung.

Szene 4

Die Gerichtsmedizin ruft an: Bei dem unvollständigen Skelett ohne Weichteile, Fundort 1, handelt es sich um eine Katze.

Um zehn Uhr ist eine Besprechung angesagt. Mit dabei unsere Psychologin Claudia Strecker, Dr. Hanser, Konrad Altmann und ich, schon wieder eingeteilt als Protokollschreiberin. Wie ich das hasse! An der Schautafel die Fotos von den Leichen in unterschiedlichen Verwesungszuständen. Fundort 1 wurde inzwischen abgeräumt. Ich darf nicht hinsehen, vor allem nicht auf die Fotos von Fundort 4, jetzt 3, mit dem zuletzt Geborenen. Es sieht beinahe wie ein schlafendes Baby aus. Hoffentlich verliere ich nicht meine Fassung, ich muss mich konzentrieren. Was hat Altmann soeben gesagt?

Altmann: Noch mal zum Mitschreiben. Das mit dem Kumpel von dem Scheurer stimmt. Allerdings hat Herr Schneider – so heißt der Kumpel – ausgesagt, dass er den halben Sonntag verpennt hätte, weil er am Abend vorher durch die Kneipen gezogen wäre. Scheurer hätte bei ihm Videos geguckt.

Claudia: Ich traue Scheurer nicht. Der hat seine Aussage runtergespult wie auswendig gelernt. Betroffenheit sieht anders aus. Von Helen brauchen wir auf jeden Fall das psychologische Gutachten, aber das wird dauern. Mein

Kollege hat gesagt, er benötigt mindestens noch zwei Sitzungen. Birgit, mir sind Schwachstellen in der gestrigen Vernehmung mit Helen aufgefallen. Erstens sagt sie aus, die Kinder allein zur Welt gebracht und ihre Leichen allein vergraben zu haben. Ob sie die Kinder allein oder überhaupt ermordet hat, umschifft sie. Der zweite Punkt ist ihr gespaltenes Verhältnis zu ihrem Lebensgefährten. Einerseits die Verlassensängste, mit denen sie ihre Taten begründet, andererseits scheint sie Angst zu haben, dass er die Kinder betreut. Sehr seltsam. Somit ist die Frage nach dem Motiv für die drei Morde noch ungeklärt.

Dr. Hanser: Wir setzen bei der Angst um die Kinder an. Frau Mühlberg, Sie sollten die Vernehmung fortführen, ich hatte den Eindruck, die Verdächtige glaubt, Sie seien ihr nicht gewachsen. Gut gespielt, Kollegin. Das macht sie unvorsichtig. Kollege Altmann beobachtet das Verhör zusammen mit Frau Strecker und löst Sie notfalls ab.

Szene 5

Helen begrüßt mich wie eine alte Bekannte, ihre Augen strahlen. Ob sie schizophren ist? Ihr Gesicht hat eine rosige Farbe, die Haare sind gewaschen und auch ihre Kleidung ist heute frisch. Ich rücke das Mikro auf dem Tisch zurecht, schalte es ein, spreche die Formalitäten hinein und wende mich Helen zu.

„Wollen Sie heute einen Anwalt hinzuziehen? Kopfschütteln genügt nicht, bitte sprechen Sie ins Mikrophon."

„Nein, keinen Anwalt. Was ist mit meinen Kindern? Haben Sie meine Mutter verständigt?"

„Helen, das ist nicht so einfach. Gegen Herrn Scheurer liegt nichts vor. Er wusste bis zu Ihrer Verhaftung nicht, was geschehen war, sagt er. Sie haben mehrfach betont, dass Sie zum Zeitpunkt der Geburten allein waren.“

„Was heißt das?“

„Das Jugendamt wird ihm heute, spätestens morgen die Kinder übergeben.“

„Nein, ich will das nicht. Es sind meine Kinder, meine Kinder! Meine Mutter soll sich um sie kümmern, bis Sie mich gehen lassen.“

„Hier, nehmen Sie ein Taschentuch. Beruhigen Sie sich doch. Nennen Sie mir den wahren Grund, weshalb Herr Scheurer die Kinder nicht betreuen soll.“

„Er ist oft weg.“

„Herr Scheurer behauptet, dass er in der Firma eine andere Arbeit aufnehmen kann. Falls das stimmt, bekommt er die Kinder.“

„Er kann Anton und Carolin nicht bei den Hausaufgaben helfen, er war nie auf einem Gymnasium.“

„Das ist kein Grund, meine Eltern haben auch nur die Hauptschule besucht.“

„Würden Sie einem Mann Ihr Kind überlassen, das er nicht will?“

„Nicht darauf reagieren, Birgit, dranbleiben.“

„Helen, wenn Sie noch einmal versuchen, mich anzufassen, lasse ich Sie in Ihre Zelle bringen. Entweder Sie nennen einen nachvollziehbaren Grund, oder Sie müssen damit leben, dass die Kinder bei ihrem Vater bleiben. Sie brauchen eine Bezugsperson, der sie vertrauen, denn sie werden viele Jahre ohne ihre Mutter aufwachsen müssen.“

„Gut so! Das muss sie verdauen.“

Stille steht im Raum, nur unterbrochen von einer Fliege, die wieder und wieder gegen die Deckenleuchte knallt, orientierungslos, verzweifelt. Helen beobachtet das Insekt, schaut auf ihre Finger mit den Lackresten auf den Nägeln, dann mich an. Das Strahlen ist verschwunden, ihr Gesicht wirkt eingefallen. Sie atmet stoßweise.

„Sie ringt mit sich, jetzt nachhaken.“

„Was wollen Sie mir sagen, Helen? Glauben Sie mir, Ihnen ist wohler, wenn es ausgesprochen ist.“

„Er, er... er wollte Geld mit den Babys machen. Er wollte sie verkaufen. Verkaufen, meine Kinder! Mit Maja hat er es auch versucht. Da war sie vier Jahre alt.“

Ich hebe die Hand, ein Zeichen für Konrad, wir müssen zu zweit weitermachen. In meinem Kopf dreht sich ein Karussell. Babys verkaufen! Der eigene Vater! Ob das wahr ist?

„Birgit, Altmann kommt, sobald er den Staatsanwalt erreicht hat. Fragen Sie Helen noch einmal, ob sie mit weiteren Antworten warten will, bis ihre Anwältin da ist.“

Ich frage Helen, aber sie lehnt erneut ab. Ihre Hände kämpfen miteinander auf der Tischplatte, sie ballt sie zu Fäusten und schlägt plötzlich mit voller Wucht auf den Tisch. Ich halte das Mikrophon fest.

„Zusammen mit seinem Kumpel. Immer wieder musste ich schwanger werden. Niemand durfte es erfahren. Micha haben sie weggebracht, als ich schlief. Er war einfach weg. Ich habe geschrien und gebettelt, doch Harald hat mir vorgerechnet, was wir mit dem Geld alles machen können. Dann haben sie über Maja diskutiert, weil sie dachten, ich höre es nicht. ‚Wenn du das tust, gehe ich zur Polizei‘, habe ich gesagt. Er hat nur gelacht, er weiß ja, dass ich ihn niemals verlassen könnte. Ich hab’ nie jemanden anders geliebt, immer nur ihn. - Dann bin ich wieder schwanger geworden. Er war auf Montage, als das Kind kam, da habe ich es erstickt und gesagt, es sei tot auf die Welt gekommen. Auch das nächste Mal war es so. Am Sonntag habe ich, weil ich Wehen hatte, so lange mit ihm rumgestritten, bis er ging.“

Helen schweigt, ihre geballten Hände zittern. Altmann tritt ein und nickt mir zu.

„Du kannst gehen, ich schließe das hier ab.“

Szene 6

Ich wanke hinaus, mir ist schlecht. Vielleicht sollte ich mich in der Verwaltung bewerben, es gelingt mir nicht mehr, mich abzugrenzen. Claudia spricht mich auf dem Weg in mein Büro an, aber ich winke ab und verschließe die Tür. Ich will niemanden sehen.

Wie lange ich an meinem Schreibtisch gesessen habe, weiß ich nicht, vielleicht Minuten, eine halbe Stunde oder noch länger. Dann hole ich mein Handy heraus und tippe die Kurzwahl für „Schatz“ ein. Er meldet sich nach dem ersten Freizeichen, demnach ist seine Frau nicht in der Nähe.

„Nanu, Biggi, ein Anruf um diese Zeit, das muss wichtig sein. Willst du mir sagen, dass du es dir überlegt hast?"

„Ja, Tobias, ich habe mich entschieden. Ob es dir passt oder nicht, ich werde unser Kind bekommen. Den Schlüssel zu meiner Wohnung wirf bitte in den Briefkasten."

Christine Bendik

Otto hat Hunger

Nichts wie nach Hause, dachte Leni. Endlich Wochenende, und der Einkauf war auch erledigt.

Ein scharfer Novemberwind peitschte ihr seinen kalten Atem in das Gesicht. Doch der Sturm war ein Waisenkind gegen die schlimmen Gedanken, die Leni frösteln und ihre Zähne aufeinander klappern ließen.

Sie nickte dem Fährmann zum Abschied zu und trat von der Fähre auf den Asphalt. Dann stülpte sie sich die Kapuze ihres Mantels über, hielt sie mit beiden Händen fest und stemmte sich trotzig gegen den Wind.

Oberhalb der kleinen Böschung, die linksseitig zum Fahrradweg Richtung Frankfurt abzweigte, blieb sie noch einmal stehen, ließ ihre nasse Brille in die Stofftüte zu Fleisch und Brot und Obst und dem Päckchen aus dem Mittelalter-Shop gleiten, auf dessen Rückseite die Pflegeanleitung für seinen kostbaren Inhalt zu lesen war. Anschließend zurrte sie die Tasche zu, um die Lebensmittel vor der Nässe zu schützen.

Hinter ihrem Rücken schwappte in flachen Wellen das Flusswasser ans Ufer. Seine Ausläufer schienen mit langen Fingern nach Lenis Schuhen zu greifen, dort, wo die Grasnarbe an den Radweg grenzte.

„Bleib", schien das Wasser zu zischeln. „Sieh genau hin. Was siehst du? Hörst du nicht die Schreie?" Doch wie die anderen Fahrgäste beeilte sich Leni, dem unheimlichen Ort zu entrinnen, von dem seit Wochen das ganze Dorf sprach. In ihre kleine, heile Welt, nach Hause zu ihrem Ehemann Kay drängte es sie, um sich aufzuwärmen, ein paar Scheiben Brot aufzuschneiden, ein Stück frische Butter und einen Klecks scharfen Senf dazu, und sich gemeinsam einen heißen Fleischkäse und das Döschen Krautsalat schmecken zu lassen.

Leute liefen an ihr vorüber mit triefenden Haaren, quengelnde Kinder im Schlepptau. Schritte hallten auf dem Kopfsteinpflaster, ehe das Prasseln des einsetzenden Regens ihren Widerhall schluckte.

Etwas zwang Leni, innezuhalten. Über diesen Weg könnte Saskia Blum gegangen sein, an ihrem letzten Tag, bevor man sie … kaltblütig …

Sie drehte sich um, kniff die Augen zusammen und warf einen Blick in die Seitengasse. Da war niemand, nur die Mülltonne, die neben dem Treppenaufgang unter dem funzeligen Schein einer Außenleuchte wie eine steif gefrorene Gestalt kauerte.

Ein Wagen hielt am Straßenrand. „Hey Leni“, rief einer, „wirst ja ganz nass. Komm, steig ein!“ Lenis Zähne klapperten noch ärger. Nachbar Josh winkte aus dem Fenster seines roten VWs und fing Leni ein mit seinem Lächeln. Sie wusste, er war ein Typ von der Sorte, die nicht überall gut ankam. Weil er anders war. Und genau das reizte Leni.

„Servus, Josh“, murmelte sie. Die Schatten unter seinen Augen und der traurige Zug um seine Lippen versetzten ihr einen Stich. Was sollte sie ihm sagen? Sie hatte keinen

Trost. Sie hatte ja nicht einmal Trost für sich selbst. Und wenn sie sein Angebot annahm und einstieg – was würde wohl Kay davon halten, der sicher auf seinem Platz am Fenster ihres Hauses auf sie wartete? Er konnte Josh nicht leiden. Für Künstler brachte er kein Verständnis auf, behauptete, sie pflegten nur ihre Faulheit und lägen dem Staat auf der Tasche. Freitag vor zwei Wochen hatte sein Misstrauen noch einmal kräftigen Aufwind bekommen. Und er hatte Saskias Ermordung genutzt, seinen Unmut über Josh und sein Lotterleben in die Gerüchte einzustreuen, die sich auf der Straße unter den Nachbarn verbreiteten.

Dafür hatte ihn der Herrgott bestraft. Anderthalb Tage nach Saskias Tod hatte Kay der Schlag getroffen.

Rasch presste Leni den Schal auf ihre Lippen, um den Schmerzenslaut zu ersticken. Nicht nur Josh war traurig. Nicht nur er vermisste Saskias muntere Art. Bei Tag ging es leichter, es gab so viele Ablenkungen. Doch nachts verfolgten Leni die Geister ihrer gemeinsamen Vergangenheit. Einen Menschen zu verlieren, mit dem man schon die Schulbank gedrückt hatte, das war wie das Auslöschen eines Stücks gelebten Lebens. Und wenn dieser Mensch auf so grausame Weise zu Tode gekommen war, blieben die Alpträume nicht aus.

Sie sah Josh an, spürte ein Kratzen auf ihrer Zunge und spuckte vorsichtig aus: Ein Wollfaden, der sich aus dem Gestrick des Schals gelöst haben musste.

„Alles okay bei dir?“

Mechanisch nickte sie. Aber nichts war okay und Saskia einfach ausradiert, mitsamt ihren obszönen Witzen und den gefürchteten Eruptionen ihres kreischenden Lachens. Wenn man die Fünfzig überschritten hatte wie Saskia, dachte man schon mal über den Schnitter nach. Doch wer rechnete mit so etwas? Indem der Tod sich hinterrücks an einen heranschlich und einem vor der Zeit ein Messer in den Rücken trieb, zeigte er eine seiner hässlichsten Seiten.

„Tu mir einen Gefallen, Leni. Steig ein, der Regen versaut mir die Sitze.“

In der Hand hielt sie die Tasche mit dem Messer. Der Gedanke an die scharfe Klinge schlug nicht nur eine Brücke zu Saskias Ermordung. Das Messer gehörte Kay. Dem Mann, der stets gut für Lenis Wohlergehen gesorgt hatte. Fast ein Vierteljahrhundert war Kay nun an ihrer Seite und in zwei Jahren würden sie silberne Hochzeit feiern. Sie sollte nicht einsteigen. Noch hielt sich der Schaden an ihrer Beziehung in Grenzen.

Ihre Hand umfasste den Türgriff. Wieder zwang sie etwas, zurückzublicken, während der Regen auf sie niederprasselte und lange Tränen über ihr Gesicht schickte. Im Licht der Straßenlampen funkelte der Main, als hätte es Sterne geregnet, dort, wo gerade die letzte Fähre abfuhr. Wo ein fett gefressener Schwan Wind und Regen trotzte, den Schnabel ins Gefieder gesteckt. An der Stelle, wo Spaziergänger die Enten mit trockenem Brot fütterten, wo man in einer Freitagnacht Saskia Blum noch einmal in Begleitung einer Person in einem dunklen Mantel gesehen haben wollte.

Leni schlug die Kapuze zurück. Ihre Mütze blieb darin hängen. Sie hielt ihre Haare fest, die im Wind flatterten, warf die Bedenken über Bord, schenkte Josh ein Lächeln und stieg in den Wagen. Aus den Augenwinkeln betrachtete sie Josh, als er den Blinker setzte. Im Grunde war es einerlei, was Kay dachte. Das Kind war doch längst in den Brunnen gefallen. Dass Leni ein Faible für Schöngeister hatte, das hatte sie in Joshs Bett bewiesen. Der Name Josh verhieß Leichtigkeit, Abenteuer, süße Glücksmomente. Kay hingegen stand für Schwere und Trübsinn, für Pflicht und Verantwortung. In seinen kühnsten Träumen könnte er sich wohl nicht vorstellen, worum Lenis Gedanken kreisten, wenn sie nachts, während er nebenan schlief, im dunklen Fernsehzimmer am Fenster saß, die Wange an den kalten Putz der Wand geschmiegt, und direkt in Joshs Schreibwerkstatt blickte. Oder konnte Kay etwa doch? Ahnte er, wie lange sie Josh schon liebte? Man sagte, man kenne einen Menschen nie wirklich, nicht einmal den eigenen Partner.

„Wieso siehst du mich so an?"

„Tu ich das denn?" Sie atmete Vanilleduft, den der am Rückspiegel baumelnde Papp-Tannenbaum verströmte. Selbst wenn sie sich dagegen wehrte: Es war pure Magie zwischen ihnen, sie konnte den Blick nicht von Josh wenden, und sie hoffte, dass die Fahrt nie enden würde.

Otto musste hungrig sein. Drei Tage kam der Kampffisch ohne Mahlzeit aus, doch allmählich lief die Uhr ab. Wo blieb nur Leni mit dem frischen Futter?

Alle naselang tauchte der Kleine aus Gräsern und winzigen Wäldern auf und peilte die Lage. Fast tat er Kay schon leid. Nicht, dass sie beide beste Freunde wären. Aber Kays Krankheit, die viele Zeit mit sich und dem Fisch allein, wenn Leni zur Arbeit in den Friseurladen ging, das schweißte zusammen, im Guten wie im Bösen.

Er konzentrierte sich auf die Straße. Den Kopf leicht zwischen die Schultern gezogen, betrachtete er das Schattenspiel der Straßenlampen auf dem Kopfsteinpflaster. Hin und wieder ertappte er sich dabei, wie sein Blick über das Haus gegenüber huschte. Über fahlweiße Wände und die dunkelbraun gestrichene Holztür mit den bunten Mosaikfenstern. Vor ein paar Wochen hatte er Saskia Blum zum letzten Mal aus dieser Tür kommen sehen. Unfassbar, was ihr zugestoßen war.

Die verkrampfte Haltung trieb Schmerzen durch seine Nackenmuskeln, die nach einer Massage schrien. Ein gedämpftes Geräusch ließ ihn aufhorchen, und im selben Moment preschten die Reifen eines Autos in eine Pfütze vor Josh Blums Haustür. Eine Fußgängerin riss den Mund zum spitzen Schrei auf, sprang zur Seite und drohte dem Fahrer mit ihrem Regenschirm. Es wurde bereits dunkel. Kay dachte, dass Leni längst zu Hause sein müsste. Ein Einkauf bei Aldi drüben auf der anderen Mainseite nahm höchstens eine Stunde zu Fuß in Anspruch. Aber halt, ihm fiel ein, dass sie das Jagdmesser zur Reparatur hatte bringen wollen, von dem sich die Klinge gelöst hatte. Der Inhaber des Mittelalter-Shops, der noch gute, solide Arbeit leistete, hielt gern einen Schwatz.

Im Erdgeschoss, im Hause Blum, ließ eine diffuse Lichtquelle scherenschnittartige Schatten an den Wänden tanzen. Mit Leidenschaft hatte Saskia Mobiles aus Papier gebastelt. Der komplette Flur hing voll von diesen Ungetümen, die sich jeder Jahreszeit, jedem Motto anpassten. Zuletzt, auf der Halloween-Party, zu der sie geladen hatte, hatte Kay elf Stück gezählt und in seiner Erinnerung flammten auf: Dinosaurier groß und klein, Fledermäuse, Delphine, Hexen, Herzen, Ostereier und Weihnachtskugeln.

Ob Josh sich zu Hause aufhielt? Oder hatte es ihn in die Künstlerkneipe am Schöntaler Eck verschlagen, weil er den Anblick der leeren Wohnung nicht länger ertrug? Er hatte nicht nur Saskias Tod zu verkraften. Sein Bekanntenkreis und ganz besonders Josh waren gründlich verhört worden. Die Kripo hatte das komplette Haus auf den Kopf gestellt, bis dato jedoch kein Beweisstück gefunden.

Oder war Josh vielleicht mit Leni unterwegs? Kay spürte, wie er die Zähne aufeinanderbiss.

Schneeflocken tanzten vom Himmel, wirbelten ausgelassen im Wind. Kays Blick wanderte in den ersten Stock zum Fenster, hinter dem sich Joshs Schreibstube verbarg. Zuerst hatte sich in Kay nur ein leiser Verdacht geregt, den er schnellstens verscheucht hatte, um seine Eifersucht nicht künstlich zu nähren. Eine Weile vor Saskias Tod hatte es angefangen. Wenn Saskia des Abends zum Zumba-Kurs ging und sich danach mit Freundinnen auf einen Absacker traf, lud Josh Leni zum Vorlesen ein. Sie sei seine beste Kritikerin, hatte er einmal lachend zu

Kay gesagt. Nein, noch viel besser, bald sei sie so weit, dass sie selbst Romane schreiben könne. Und so sehr Kay es wollte: Er konnte das schale Gefühl in der Magengrube einfach nicht abstellen, wenn er sich dieses wiehernde Lachen ins Gedächtnis rief und sich ausmalte, was Josh Blum seine Leni sonst so alles hinter den Mauern seines Hauses lehrte. Was sollte Kay denn anfangen, wenn seine Frau sich ernsthaft verliebte? Sein Leben hing von ihr ab wie das des Kindes von der Mutter.

Er hörte seinen eigenen Seufzer, wandte sich langsam um und ließ den Blick bis zum Raumteiler schweifen. Was er so dachte! Wurde es nicht Zeit, dass er sich zusammenriss? Früher oder später würde er wieder allein klarkommen, er war auf dem besten Weg. So konnte es jedenfalls nicht weitergehen. Wie lange war er schon nicht mehr Herr im eigenen Hause? Und damit meinte er nicht diese verdammten vier Wände des Fernsehzimmers. Ohne Leni, das wurde ihm schmerzhaft bewusst, war er wie ein Vogel ohne Flügel.

Hinzu kam das Gefühl der Wertlosigkeit. Das untätige Herumsitzen erschien ihm wie der kleine Bruder vom Tod. Bilder von seiner Arbeit in den heimischen Wäldern tauchten vor ihm auf, von der Jagd, von Augenblicken, in denen er das Rufhorn seitlich an die Lippen setzte und es zum Angriff blies. An die unvergesslichen Momente des Jagdfiebers und des Triumphes, wenn er ein kapitales Stück erlegt hatte und es mit seinem Messer aufbrach.

Dass seine Jäger-Ära vorüber war, auch das traf ihn hart. Jetzt kam es ihm lächerlich vor, dass er Leni mit dem

Jagdmesser zur Reparatur geschickt hatte. Er hätte es gleich in den Müll schmeißen sollen, als er den Schaden bemerkt hatte.

In seiner gläsernen Behausung zog Otto anmutig seine Bahnen. Der blaue Halfmoon mit den blütenweißen Flossenspitzen war Lenis Züchtung, ihr Baby, das ihr schon viel Freude bereitet und Preise auf Ausstellungen beschert hatte. Die Eifersucht trieb einen Keil zwischen Otto und Kay, so dass es schwerfiel, den Fisch mit Lenis Augen zu sehen.

Umständlich zwängte er sich durch den Türausschnitt zwischen den Regalen. Otto schien ihn zu beobachten, schien im Wasser zu stehen und auf Kays Hände zu schauen. Es verstrich eine Weile, bis Kay die Futterdose im Aquarium-Schrank fand. Mit dem Öffnen des Deckels hatten seine grobschlächtigen Finger so ihre Schwierigkeiten, bevor sie hineinfuhren und die letzten getrockneten Mückenlarven vom Dosenboden kratzten.

Ottos hungriges Maul aber ließ sich nicht abspeisen. Kalte Augen fixierten Kay, lauernd und abschätzig. Und Leni ließ sich Zeit.

„Wie kommst du zurecht, so allein im Haus?“ Leni musterte Josh von der Seite. Gut sah er aus, ganz anders als Kay. Groß war er und schlank, dazu der forsche Blick seiner dunklen Augen.

Sie schlug sich die Hand vor den Mund, doch einmal gesagt war gesagt. Saskias Tod musste Josh das Herz zerreißen, auch wenn die Liebe nach all der Zeit erkaltet war, wie Josh es Leni hatte wissen lassen. Mord, das wünschte man seinem ärgsten Feind nicht. Auch nicht seiner Rivalin, dachte Leni.

Sie musste zugeben, dass sie sie vermisste. Dass seit Tagen eine unheimliche Stille Lenis Dasein begleitete, und sie sich dabei ertappte, wie sie Saskias Amazon-Seite aufrief und über die Buchdeckel der geschmacklosen Erotik-Thriller scrollte, deren höchster Zweck es gewesen war, Joshs Verkaufszahlen zu toppen. Das Vorhaben war Saskia gründlich gelungen. Für sie war es ein Spiel, doch Josh hatte tatenlos zusehen müssen, wie seine Frau mit schlechten Texten die fetten Honorare einstrich. Grund genug, sie um die Ecke zu bringen.

„Tschuldige“, sagte Leni leise. „Wie dumm von mir“. Sie sollte sich schämen, dämliche Fragen zu stellen. Sie konnte nicht verhindern, dass ihr ein Schauder über den Rücken rann, wenn sie daran dachte, was die Leute so munkelten. Es hatten weder Raub noch Vergewaltigung stattgefunden. Die Vermutung lag nahe, dass der Täter aus Saskias eigenen Reihen stammte und die Tat in einem Motiv wie Neid, Eifersucht, einem bösen Streit gründete. Der Täter oder die Täterin, so hieß es, musste über Saskias Zumba-Kurs Bescheid gewusst und ihr nach Eintreffen der letzten Fähre aufgelauert haben. Auch Leni, die ab und an diesen Kurs besuchte, war von einer Befragung nicht verschont geblieben.

Ihre Hand hielt die Tasche mit dem Messer, und Leni atmete tief. Nein, sie konnte das Gesagte nicht ungeschehen machen. Doch sie konnte immer noch dafür sorgen, dass die Stimmung zwischen ihnen beiden nicht kippte.

Josh konzentrierte sich auf den Verkehr. „Es tut gut, darüber zu reden«, sagte er leise.

»Gibt es Neuigkeiten?“

„Nichts. Mein Gott, wer macht denn so was, Leni?“ Seine Faust krachte auf das Lenkrad. Für Momente fuhr der Wagen Schritttempo und Leni befürchtete, dass er gleich über den Bordstein rollen und eine Hausmauer rammen würde.

„Es tut mir so leid, Josh.“

„Ich weiß.“

„Pass auf, wohin du fährst.“

„Der Mörder kriegt seine verdiente Strafe. Früher oder später.“

Leni starrte auf die Straße.

„Ich bete zu Gott. Jeden Abend“, sagte Josh, „dass sie das Schwein fassen“.

Seine Pupillen wirkten trüb, als er Leni einen kurzen Blick sandte. Am liebsten hätte sie ihm wie einem Baby sanft über den Kopf gestrichen. Sie wechselte das Thema, um es nicht während der Fahrt zu tun.

„Wie kommst du mit deinem Buch voran?“

Er atmete tief. „Weißt ja, die Deadline. Der Jahreswechsel.“

„Wirst du es schaffen?“

„Der Krimi hält mich auf Trab. Gut so.“ Seine Hände umklammerten das Lenkrad. Er konzentrierte sich auf den

Verkehr und hüllte sich in Schweigen, bis sie ihr Ziel erreicht hatten.

Josh parkte den Wagen direkt vor dem Haus. Dann stieg er aus, spannte seinen Schirm auf und öffnete die Beifahrertür. Doch Leni war nicht aus Zucker, und die paar Meter über die Straße würde es ohne Begleitung gehen. Sie bedankte sich und wollte loslaufen. Josh packte sie sanft am Arm.

„Bleib“, bat er. Er bedachte sie mit demselben Blick, mit dem er ihr neulich Abend „Freches Luder“ ins Ohr geflüstert hatte. Er sagte: „Es sind noch zwei Stücke Kirschstreusel da.“ Mit dem Kopf zeigte er Richtung Haustür und schaute Leni dabei an. „Bitte.“

Ganz nah an ihrer Seite stehend, musste er ihr Herzklopfen hören.

„Kirschstreusel ist ein Argument“, hörte sie sich mit belegter Stimme sagen, obwohl sie „Kay wartet“ hatte sagen wollen. Sie handelte so, weil Josh ihr leid tat, redete sie sich heraus. Die Einsamkeit und die lähmende Ungewissheit mussten ihn erdrücken. Wer war der Täter und wann erwischten sie ihn?

Sie warf einen Blick auf die Tasche in ihrer Hand. Dann sah sie hinüber zu ihrem Haus. Kay hatte das Licht gelöscht, aber war es nicht sein blasses Gesicht, dort hinter den schwarzen Fensterscheiben? Kurz plagte sie wieder das Gewissen. Gedankenverloren strich sie über das silberne Amulett mit dem halben Herzen an der feingliedrigen Kette um ihren Hals. Sie hatten es einander zum zwölften Hochzeitstag geschenkt. Die andere Hälfte trug Kay.

Sie folgte Josh in den Hauseingang. Nicht zum ersten Mal stieg sie die knarrenden Stufen empor. Im Treppenhaus mit dem gedrechselten Holzgeländer zog es wie Hechtsuppe, und Leni beschleunigte ihre Schritte. Einer Diebin gleich, die sich an die Beute heranschlich, folgte sie auf leisen Sohlen Josh in sein kleines und gemütliches Reich. Keinen Gedanken verschwendete sie mehr an Kay. Die Haut des Mannes, der ihr voranging, verströmte einen betörenden Duft.

Joshs Büro barg einen geräumigen Schreibtisch, ein paar lose Regale von Ikea, eine schmale, rote Kunstledercouch und, direkt vor dem Holzofen, einen weichen Flokati, der den perfekten Lagerplatz für zwei Liebende bot.

Leni riss sich zusammen und mimte die Coole. Sie hörte Joshs schweren Atem, obwohl er ihr den Rücken zuwandte. Der Gedanke, dass er sie gleich ansehen würde, ihr Gesicht, jeden Zentimeter ihres Körpers scannen würde, verlangend, hungrig, verursachte ihr weiche Knie, und sie umfasste automatisch den Taschengriff fester, als wäre er imstande, ihr Halt zu bieten oder sie gar vor einer Gefahr zu schützen.

Welche Farbe hatten Joshs Augen? Sie hatte so oft hinein gesehen. An Joshs Blicke auf ihrer Haut gedacht, in einsamen Nächten, wenn Kay schon schlief. Beschämt musste sie sich eingestehen, dass sie die Farbe nicht kannte. Ein dunkles Blau oder ein warmes Braun?

Josh wandte sich um und schenkte Leni ein Lächeln. Das Trübe, Geheimnisvolle in seinem Blick wich einem Strahlen.

„Danke", sagte er.

„Danke – wofür?"

„Danke, dass du hier bist. Und jetzt – gib mir deinen Mantel, Leni."

Sie gehorchte und schauderte zur gleichen Zeit unter dem finsteren Timbre seiner Stimme. Ganz langsam zog sie den Mantel aus, und reflexartig nahm sie die Tasche mit dem Messer und den Lebensmitteln wieder an sich. Hinter ihrem Rücken hörte sie das Ofenfeuer prasseln und spürte ein wohliges Frösteln. Gleichzeitig stellte sie mit Befremden fest: Da war kein einziges Erinnerungsstück, kein Foto von Saskia. Warum konnte Josh ihren Anblick nicht länger ertragen? Weil die Liebe so groß war? Hoffte er, auf diese Weise leichter über Saskias Tod hinwegzukommen?

Sie sah ihm dabei zu, wie er sich seines anthrazitfarbenen Parkas entledigte, der ihr seit Herbst ein Dorn im Auge war. Mit einem Faible für Partnerlook hatte Saskia den gleichen getragen. Nie ließ sich von Lenis Fenster aus sagen, wer von den beiden das Haus verließ, wenn die Tage so nasskalt und dunkel wie heute waren und man zudem Kapuze trug.

Demonstrativ hob Josh Mantel und Parka hoch. „Bin gleich bei dir."

Etwas in ihr zwang sie, einen Moment seinen Blicken standzuhalten, bevor er Richtung Garderobe verschwand.

Seine unergründliche Augenfarbe, die je nach Lichteinfall changierte, erschien ihr so trügerisch wie seine Launen.

„Du verwirrst mich", hatte sie einmal zu ihm gesagt. Mal schien sie in die sanften Augen eines Seelenverwandten zu blicken, die sich zuwandten, öffneten und den Menschen verletzlich zeigten. Ein Mensch, der Lenis Begeisterung über lange Spaziergänge am idyllischen Mainufer teilte und vom selbst gebackenen Kuchen der Ordensbrüder im Klostercafé der Basilika schwärmte. Ein andermal war die Kälte fast greifbar, die aus diesen Blicken sprach. Blicke eines Adlers, wachsam, voller Schläue und unberechenbar.

Erstmals fragte sich Leni, ob sie wirklich besonnen gehandelt hatte, als sie diesem Mann in sein Haus gefolgt war.

Luftblasen stiegen vom Filter her auf und ließen die Spitzen des Hornkrauts in den kleinen Wellen tanzen. Ein paar Mückenlarven waren ungeachtet zu Boden gefallen, wo sich ein Antennenwels ihrer dankbar angenommen hatte. Mit elegantem Schwung hatte Otto Kay den Rücken gekehrt und war in seine Welt der Felsminiaturen, Plastikkorallen und Tuffsteinhöhlen geschwommen, als ihm wohl klar geworden war, dass ein zweiter Futtersegen ausbleiben würde.

Zurück am Fenster konzentrierte Kay seinen Blick auf die Straße, auf die sich kleine feine Schneeflocken setzten. Schon konnte er den Saum von Lenis Mantel im Abendwind flattern sehen und fast hörte er das Klappern ihrer Absätze im Hausflur, roch das frische Eau de Toilette mit der Orangenblütennote durch die Tür-Ritze.

Wunschdenken. Wo sie nur blieb? Ob sie einen Schirm mit hatte? Sie war ja so weit weg mit den Gedanken in letzter Zeit.

Es schneite stärker. Kay atmete leise, rasselnd, stellte sich vor, wie Leni, kurz bevor sie den Mittelalter-Shop verließ, das frisch reparierte Messer in ihrer lila Baumwolltasche mit dem weißen Patchwork-Stern auf der Vorderseite verstaute. Wie sie sich die Tasche über die Schulter warf, wie der alte Karl Bieber ihr mit einer galanten Verbeugung die Tür öffnete und diese Tür Lenis zierliche Gestalt auf das feucht glänzende Pflaster spuckte. Und er presste seine Nasenspitze ganz fest an die Scheibe. Die unbequeme Position hatte den Vorteil, dass sie Gelegenheit gab, das Ende der Haydn-Straße einzusehen, wo diese eine Biegung machte und in den Dahlienweg mündete. Der Dahlienweg wiederum bot einen Zugang zur Fähre.

Da sah er, wie sich Joshs VW durch den Schneeflockenvorhang kämpfte. Josh hielt an und eine Frau stieg aus dem Wagen. Das Rot ihrer Häkelmütze wetteiferte mit dem Regengrau. Leni sah so jung aus. War es Zärtlichkeit, die er in ihrem Lächeln zu erkennen glaubte, und die ihm einen Stich versetzte? Dass Josh Leni unterhakte, gefiel ihm nicht. Was sollte das, wieso kam sie nicht schnurstracks nach Hause?

In seiner Hosentasche fand er die Silberkette, in dem Moment, als Leni stehenblieb und herüberschaute. Ein Blick, der um Verzeihung bat?

Er wollte etwas sagen, ihr durch die Scheiben seinen Unmut bekunden, lautlos, wie ein Gebärdendolmetscher. Wie stets kam wenig Brauchbares über seine Lippen. Seine kalten Finger, die sich um die Kette schlossen, öffneten sich und er befreite sie mühevoll aus der Hosentasche. Wie ein Kind, das sich einsam fühlte, knabberte er an seinem Daumennagel. Etwas kitzelte seine Lippen, und als er es schaffte, den Daumen gegen das schummrige Leselampenlicht hinter den Regalen zu halten, erkannte er eine Mückenlarve.

Wütend blickte er auf das Aquarium. „Blödes Vieh“, dachte er. „Immer nur fressen und glotzen, bäh!“ Er schmierte die Larve an seine Wolldecke und gab sich Mühe, Otto die Zunge herauszustrecken. Was ihm nicht gelang. Dann konzentrierte er sich auf seine linke Hand. Nach drei gescheiterten Versuchen fand sie den Weg in die Hosentasche zurück, zur Silberkette. Er schloss die Augen. War er wirklich wütend auf Otto? Oder wem galt die Wut?

Egal, von ihm aus könnte das Vieh verrecken, das ihn ohnehin nicht leiden konnte und nur als gelegentlichen Dosenöffner benutzte. Und wenn Kay könnte, wie er wollte, dann würde er den Blauen in diesem Augenblick mitsamt seinem kostspieligen Glashaus aus der Regalwand zerren. Ein Unfall, konnte doch jedem passieren. Und dann könnte Otto ihn mal gerne. Ihn mit seinen kalten

Augen aus einer anderen, nämlich der allerletzten Perspektive betrachten.

Draußen ging die Sonne unter, mit einem Aufgebot pastelliger Farben. Kays Magen knurrte. Noch brannte bei Blums im ersten Stock kein Licht. Er starrte das Bürofenster an, zu keinem klaren Gedanken fähig.

Was war nur aus ihm geworden? Was war aus ihm und seiner Ehe geworden?

Eine Träne rollte seine Wange hinab und bahnte sich einen Weg in seinen Mundwinkel.

„Kaffee oder Tee?", rief Josh von der Küche her.

„Kaffee bitte. Mit Milch und Zucker." Das Zimmer machte einen ordentlichen, ja strengen, fast wie geleckten Eindruck. Die Schrankoberflächen und die nahezu leeren Regale glänzten wie frisch poliert. Als ob es Joshs Absicht gewesen wäre, Spuren eines Verbrechens zu vertuschen.

Leni löste die Schlaufe und spähte in die Einkaufstasche. Alles war gut, das Essen feucht, aber brauchbar. Dann ging sie hinüber zum Schreibtisch, um sich die Buchdeckel von Joshs Romanen anzusehen. Ein Schauder rann ihr über den Rücken. Einige wiesen direkt auf blutige Verbrechen im Inhalt hin.

Automatisch führten Lenis Gedanken zu Saskia. Nach der Vermisstenanzeige hatte die Polizei die Gegend hier um die Basilika mit ihren bohrenden Fragen unsicher gemacht. Und bestimmt gab es eine Menge Leute, die Josh gern hinter Gittern sähen, die hinter dem unkonventionellen Typen vielleicht gar eine

Verbrecherseele witterten. Wie der schon aussah mit seinem nach hinten gekämmten Haar und dem Pferdeschwanz. Dieser verschrobene Typ, der sich so gut wie nie unter die Leute mischte, und kaum einen Ton redete, wenn man ihn einmal auf der Straße oder bei Lidl antraf. Der den lieben langen Tag an seinem Schreibtisch saß und aus dem Fenster starrte und höchstens bei Nacht und Nebel mal ein Stündchen den Radweg entlang joggte. Was ging wohl vor im Hirn von so einem? Und jetzt, die Sache mit Saskia? Da sah man ja, was dabei herauskam, wenn einer sich böse Geschichten ausdachte. Irgendwann wurden Gedanken zu Taten.

Mit sanften Fingern strich Leni über das Kiefernholz des Schreibtisches mit den vielen Astlöchern und fing sich prompt einen Splitter ein.

„Autsch, verdammt." Die Tasche fiel ihr aus der Hand, als sie den Finger in den Mund steckte. Das Messer rutschte aus seiner Kunststoffverpackung, ein Brötchen, Butter, Krautsalat und die Dose Fischfutter verteilten sich auf der strapazierfähigen Auslegeware. Josh, der ein Tablett mit zwei Tassen und Tellern ins Büro herein balancierte, blieb wie erstarrt stehen – den Blick auf das Messer gerichtet.

Leni jammerte. „Wie ungeschickt von mir …" Blut tropfte zu Boden, Josh starrte auf das Messer. Er stellte das Tablett auf den Schreibtisch, nahm Lenis Hand und begann, an ihrem Finger zu saugen, aus dessen Spitze ein neuer Blutstropfen quoll. Sie schüttelte den Kopf.

„Bitte, nicht."

„Mein armes Kleines.“ Immer noch hielt er ihre Hand in seiner, ohne das Messer nur eine Sekunde aus den Augen zu lassen. Sein Blick machte ihr angst.

„Es ist besser, wenn ich gehe.“

„Gott, dieser blöde Tisch“, murmelte er. „Ich wollte ihn längst austauschen. Aber kennst ja Saskia.“ Fast unmerklich zuckte er zusammen, als er ihren Namen aussprach.

„Alles in Ordnung, Josh?“ Leni wickelte ein Papiertaschentuch um ihren Finger und verfolgte mit Besorgnis Joshs hektische Betriebsamkeit, mit der er begann, Schubladen aufzuziehen. Ob er nach einem Pflaster suchte?

„So ein Unsinn. Wieso willst du denn gehen, Leni? Wir wollten doch … der schöne Kuchen. Gott, wo war das verflixte Ding doch gleich …“ Immer noch wühlte er in der Schublade.

„Scheiß auf den Kuchen.“ Leni erschrak über ihren scharfen Ton. Aber jetzt war sowieso schon alles egal.

Endlich wandte Josh sich ihr zu. „Sag mir, Leni: Wieso bist du mit hochgekommen?“

„Das fragst du im Ernst?“

„Es ist also wahr.“

Als ob es noch eines Wortes bedürfte! Sie war verliebt wie ein Schulmädchen, das wusste er ganz genau.

„Du musst mich sehr lieben. Und darum …“ Er schob die letzte Schublade zu, trat näher.

„Darum was?“, fragte sie schüchtern.

„Sag Leni: Verschweigst du mir was?" Was stellte er für seltsame Fragen? Irgendwie war die Stimmung gekippt, seit Leni die Tasche entglitten war. Ob ihn ihre Ungeschicktheit ärgerte?

Sie entzog sich seiner Nähe und bückte sich. Mit der heilen Hand verschloss sie die Salat-Schüssel und sammelte die Lebensmittel in die Tüte. Der Teppich hatte zum Glück nicht gelitten. Aus dem Augenwinkel erkannte sie, dass Josh fündig geworden sein musste. Auf seinem ausgestreckten Finger klebte ein Gegenstand.

Die Neugier ließ ihr keine Ruhe, so dass sie, bevor sie das Messer einpackte, noch einmal tief in die Tasche griff und nach ihrer vom Regen verschmierten Brille angelte. Ein Pflaster war es nicht, das Ding auf Joshs Hand, so viel stand fest. Es schien vielmehr eine Art Aufkleber zu sein. Rot und weiß. Die Hälfte eines Wappens, und darauf ein gedrucktes - Geweih? Irgendwo hatte sie so etwas schon gesehen.

Im Begriffe, das Messer einzupacken, spürte sie Joshs Hand auf ihrer. Sternchen tanzten vor ihren Augen, als er ihr die Hand langsam öffnete und das Messer wie ein kostbares Gut an seine Brust nahm. Als er Leni zu sich hochzog, mit ihr ans Fenster drängte und sie hart und fordernd küsste, während sie den Druck der kalten Klinge an ihrem Kinn spürte.

Die Wolkendecke riss auf, so dass das Mondlicht leichte Bahn fand, hinab zur menschenleeren Straße. Gegenüber hatte sich die Eingangstür des Fachwerkhauses, das sich mit seiner anderthalbstöckigen Bauweise wie ein Halbwüchsiger zwischen den Eltern duckte, vor einer Stunde hinter Leni und Josh geschlossen. Im gelben Schein der Straßenlampe funkelten die Fenster des oberen Stockwerks wie die Facettenaugen eines nachtaktiven Insektes.

Hinter der schmalen Büro-Fensterreihe flackerte eine Kerze an der Stelle, wo Kay den Schreibtisch wusste. Leni und Josh waren nicht zu sehen. Für einen Moment kam Kay ein seltsames Bild: Die Klinge eines Jagdmessers blitzte vor ihm auf, dessen Spitze schon ein paarmal getötet hatte, und die nun eine unsichtbare Hand auf eine Gestalt in einem dunklen Parka richtete.

Kay schüttelte seinen dröhnenden Kopf, und als er damit aufhörte, war ihm schwindlig wie nach einer Kettenkarussell-Fahrt. Es gab keinen Grund für Mordgedanken und Eifersucht. Schon möglich, dass es Leni gefiel, wenn Josh ihr bei Kerzenlicht aus seinem Roman vorlas. Doch Kay war sicher, dass es nur eine unbedeutende Affäre gewesen war, dass seine Frau schon bald erkannte, wo sie hingehörte und dass sie zur Vernunft kommen würde. Dass sie nur das Ende des Schneetreibens abwartete und dass sie noch vor der Tagesschau ein gemeinsames Abendbrot auf dem Fernsehtisch richten würde, mit den Köstlichkeiten aus dem Kühlschrank zwei Treppen tiefer. Beim Gedanken an den Erbseneintopf mit Speck vom Vortag lief Kay das Wasser im Mund zusammen. Lenis Kochkünste waren mit dem Einheitsbrei, den der Pflegedienst zu ihrer Entlastung zweimal die Woche lieferte, nicht zu vergleichen.

Er blickte zu Otto hinüber, der stoisch wie Kay auf Essen hoffte. Ob Kay Leni mal anrief? Sie wusste doch, dass er mit dem Handy auf Kriegsfuß stand. Die Tasten waren so schrecklich winzig, zu klein für seine klobigen Finger. Wo hatte sie es hingelegt? Er konnte es nirgends entdecken.

Er könnte ein wenig fernsehen, wenn auch die meisten Vorabendsendungen ihn tödlich langweilten. Der neue Fernsehapparat war schließlich einer der Gründe, weshalb Kay sich hier oben unter dem Dach aufhielt. Statt in die Glotze zu sehen, könnte er aber auch … ein bisschen Bewegung … noch eine kleine, vorsichtige Runde mit dem Rollstuhl …Nein. Keine Lust und viel zu anstrengend. Da! Jetzt sah er Joshs Gestalt hinter der Gardine. Er stand mit dem Rücken zum Fenster. Lenis Anblick vermisste Kay. Hatte sie es sich auf der Couch des Weiberhelden bequem gemacht, den Kopf in ein weiches Kissen geschmiegt, und trank sie, ein Lächeln auf den Lippen, ein Glas Pommeroy?

Daran wollte er nicht einmal denken. Den guten Sekt konnte der Herr Künstler sich gar nicht leisten. Aber was zur Hölle tat sie da drüben noch? Kay war jetzt lange genug allein, allein mit dem kaltäugigen Fisch.

Seine Hände zitterten. Die Gelenke taten ihm weh, die Müdigkeit wollte ihn übermannen, doch der Hunger und das bohrende Gefühl der Eifersucht hielten ihn wach.

„Hör auf damit, Josh.“

„Einen Teufel werd ich."

Leni schnappte nach Luft.

„Du bist der Teufel", hauchte sie.

„Ich dachte, du stehst auf echte Männer."

„Du tust mir weh." Sie stand mit dem Rücken zu seiner Brust, ihre Arme hingen schlaff zu den Seiten hinab. Seine Hand in ihrem Haar, die ihren Kopf nach hinten bog, erlaubte ihr wenig Bewegung.

Vor einer gefühlten Stunde hatte Josh Leni den Aufkleber unter die Nase gehalten. In Wahrheit waren zehn Minuten verstrichen.

„Erkennst du ihn wieder?"

„Sieht aus wie ein Hirschgeweih."

„Kluges Mädchen", hatte er nur gesagt, und sie wieder im Ungewissen gelassen.

„Willst du mir nicht endlich sagen, was los ist?" Hielt er es für ein Spiel? Machte es ihn an, den Macho herauszukehren? Sie wollte nur noch nach Hause.

„Aua. Nicht so gierig, Josh." Kalt fuhr ihr der Gedanke in die Glieder, wie schnell doch solch ein harmloses Spiel Ernst werden könnte. Joshs Hand umklammerte ihren Arm wie eine Zange, und sein Atem ging schwer. Die Brille war Leni von der Nase gerutscht und lag am Boden. Störte es Josh nicht, dass sie beide vor dem Fenster standen? Dass Kay sie sah? Dass er womöglich ihre Schatten hinter den halb zugezogenen Gardinen und den Ernst der Lage erkannte? Doch vor Kays Aussage brauchte Josh sich nicht zu fürchten. Bis Kay wieder sprechen konnte, würde noch viel Wasser den Main hinabfließen.

„Schscht", machte Josh. „Sei lieber still." Wo seine Fingernägel sich in ihren Oberarm gruben, würde es blaue Flecke geben. Ihre Knie schlotterten. Wenigstens ließ er ihre Haare los.

„Ich dachte, du liebst mich. Könntest du eine Mörderin lieben?"

„Liebe!" Sanft wie eine Feder streifte seine Fingerkuppe ihre Wange. Er kicherte. „Sie war meine Frau. Du hast doch nicht wirklich geglaubt, dass das mit uns beiden …?"

Schwarz wurde ihr vor Augen. Wie naiv sie gewesen war! Er hatte sie benutzt wie ein Spielzeug.

„Bitte, lass mich gehen, Josh. Ich war es nicht, ehrlich!" Sie dachte an den Aufkleber, der in der Mitte zerrissen war. Dessen andere Hälfte auf dem Schaft des frisch reparierten Jagdmessers klebte.

„Behaupten das nicht alle Verbrecher?" Erneut hielt er ihr die Messerspitze unter das Kinn. „Besser, du sagst die Wahrheit. Ich will es wissen, Leni. Jeden verdammten Moment will ich wissen. Wie ihr telefoniert habt und sie dir sagte, dass Zumba ausfallen würde. Wie du sie an der Fähre erwartet hast. Kalt lächelnd. Es ist so ein schöner Abend. Komm, lass uns spazieren gehen. Den Radweg entlang, wie du es magst. War es so? Waren es deine Worte? Worüber habt ihr gesprochen, kurz, bevor …?"

Sie spürte, dass ihr die Beine weg zu knicken drohten. Josh pikte das Messer tiefer in ihr Fleisch.

„Saskia war eine Freundin", sagte sie kleinlaut.

„Gleichzeitig eine Rivalin, nicht wahr?"

„Das ist …"

„Dumm gelaufen, Leni".

„Woher hast du das Etikett?"

Das knisternde Ofenfeuer verbreitete auf einmal eine unerträgliche Hitze. Leni kroch ein Geruch nach Holz und Moos, nach Schimmel und Fäulnis und Tod in die Nase.

„Es muss höchstens eine Viertelstunde her gewesen sein". Joshs Stimme klang dumpf. „Nur eine Viertelstunde, hörst du? Ich war pünktlich vor Ort, um sie zum Abendessen einzuladen. Sie war nicht auf der Fähre, also bin ich wieder nach Hause gegangen. Der Wirt vom „Löwen" hat sie am Ufer entdeckt, nur fünfzig Meter vom Anlegesteg entfernt. Er hat mich sofort verständigt. Ich war noch vor der Polizei da." Für einen Moment lockerte sich sein Griff. „Das Etikett klebte unter ihrem Fingernagel. Sie muss sich verzweifelt gewehrt und das Ding dabei abgelöst haben. Vermutlich von einer Waffe."

Er stieß ihr seinen heißen Atem in den Nacken. „Zuerst überlegte ich, das Etikett der Polizei zu geben. Aber siehst ja, wie wichtig es war, es zu behalten, und die Ermittler finden noch genug Krümel, um so ein Messer zu identifizieren."

„Ein schrecklicher Zufall", japste Leni. „Der Mörder muss wohl … ein Messer derselben Firma wie …"

Ihre Worte stießen auf taube Ohren. Josh machte eine Kehrtwendung, so dass sie beide mit den Gesichtern zum Fenster standen. Vorsichtig lugte er durch den Vorhang. Das Messer lag locker in seiner Hand, als er sachte mit der

116

Klinge über Lenis Nasenrücken fuhr. Sein vom Schweiß dampfender Körper hinter ihr war wie eine Wand.

„Schade eigentlich“, sagte er, und sein Atem benetzte ihren Nacken, als seine Hand von hinten über ihr Gesicht strich. „Jammerschade, um solch ein wirklich hübsches Näschen.“

Noch ehe der letzte Film vor Leni abspulte, klang Saskias kreischendes Lachen wie aus weiter Ferne in ihrem Ohr.

Quer über die Fensterscheibe hatte eine Spinne ihr Netz gewebt, die sich in den Ritzen des Holzes versteckt haben mochte und unter den frühsommerlichen Temperaturen des vergangenen Wochenendes munter geworden war. Wie eingefädelte Perlen glänzten die Tautropfen darin. Über den Kronen der Espen hinter den Fachwerkhäusern hingen Nebelschwaden. Weltuntergangsstimmung. Dann schimmerte der Mond durch die Wolken und warf sein weißes Licht auf Kay, auf seine Hilflosigkeit und Erbärmlichkeit.

Als habe man ihn bei einer bösen Tat ertappt, zuckte er leicht zurück. Es war nicht recht, dass er sie beobachtete, sie schon wieder auf Schritt und Tritt mit den Blicken verfolgte. Aber sein heiles Leben war eben nicht erst seit seinem Schlaganfall aus den Fugen geraten, und sein Misstrauen den Menschen gegenüber schon eine ganze Weile geweckt. Es ging ihm schlecht, seit dieser Schmierfink Josh bei Saskia eingezogen, und Leni der Spur seiner verlogenen Tinte gefolgt war.

Er schloss die Augen, spürte, wie seine Hände sich langsam zu Fäusten ballten. Sein ganzes Elend verdankte er Josh. Nicht zum ersten Mal fragte er sich, was aus ihm würde, wenn Leni sich entschlösse, nicht wieder nach Hause zurückzukehren. Nun, der Gedanke war schnell zu Ende gedacht. Er würde sich mit Haut und Haaren seiner resoluten Pflegerin Emily Gruber ausliefern müssen, die zweimal die Woche häuslichen Dienst bei ihm leistete. Er würde nur noch Essen auf Rädern löffeln, obwohl er Lenis Küche vergötterte.

Das Schneetreiben verdichtete sich, so dass Kay es mit seinen Blicken kaum noch durchdringen und das Haus gegenüber nur mehr in seinen Konturen erfassen konnte. Er gähnte lautlos. Wie er wohl roch, der Schnee? Wie er schmeckte? Fast hatte Kay es schon vergessen.

Er hatte Hunger und er musste aufs Klo. Sein Blick glitt hinüber zu Otto, der mit dem hungrigen Maul an der Scheibe klebte und Kay anglotzte.

Hinter dem Vorhang erkannte Kay Schemen. Der Schatten einer Frau in den Armen eines Mannes. Das durfte Kay nicht länger zulassen. Er sollte sich anziehen und hinübergehen. Er sollte Leni aus diesem Haus holen, sollte … Ihm wurde klar, dass all die Wut nichts nützte. Er war dazu verdammt, hier festzusitzen.

Kühl lag das Silberherz in seiner Hand und er betrachtete es stumm. Als sie es einander geschenkt hatten, war die Welt noch in Ordnung gewesen. Nur eine Sekunde, ein Foto per WhatsApp - und diese Welt war ins Wanken geraten. Ein Foto seiner splitterfasernackten Leni, gesendet von Josh. So also sah die Rache eines Stümpers aus, der nicht mit Kritik zurechtkam und deshalb die Frau des Kritikers vögelte.

Kay war so wütend gewesen, dass er am ganzen Leib gebebt und seinen Puls bis hinauf in den Kopf gespürt hatte. Seine Leni, im Bett des Schmierfinken! Das war zu viel. Sein erster Gedanke war gewesen, Saskia einzuweihen. Sollte sie ruhig erfahren, was für ein Früchtchen sie da an ihrem Busen nährte. Doch dann entschied er sich, die Dinge mit sich allein zu klären. Also wartete er auf einen günstigen Augenblick und heftete sich mit dem Jagdmesser in der Tasche an Joshs Fersen, als jener an einem dunklen Abend in seinem anthrazitfarbenen Parka das Haus verließ und Richtung Mainufer und Radweg joggte.

Es war ausgerechnet die Tratschtante unter den Verkäuferinnen des Marktbäckers, die Kay über den Weg lief, so dass er Josh eine ganze Weile aus den Augen verlor – was seine Wut nur schürte. Ein paar Schritte vom Anlegesteg der Fähre entfernt, traf sein Blick schließlich wieder auf den dunklen Parka.

Vor lauter Grübeln hatte er nicht bemerkt, wie die Spinne sich an ihre Beute herangepirscht hatte, ebenso lautlos, wie Kay an jenem Abend Josh Blum auf den Pelz gerückt war. Die Spinne begann, die Fliege einzuspeicheln. Bald würde das Opfer zu flüssigem Brei verwandelt sein, so dass es bequem wie eine Trinkschokolade ausgesaugt werden konnte.

Der dunkle Parka war schuld gewesen, so dachte Kay, während er wie paralysiert das Treiben der Spinne beobachtete. Der Parka war Saskia zum Verhängnis geworden. Kay hatte doch geglaubt, Josh vor sich zu haben.

Er sah noch, wie seine Hand mit dem Jagdmesser sich Joshs Rumpf näherte. Und er spürte, wie sein Herz vor Wut raste und wie seine Gedanken die Worte in seinen Kopf hämmerten. *Er vögelt deine Leni.* Er sah, wie Josh sich, überrumpelt, nach ihm umdrehte. Wie er mit den Armen fuchtelte und mit dem Mut und der Kraft der Verzweiflung nach dem Messer hangelte. Und unter der Kapuze erkannte Kay mit Entsetzen Saskias verzerrte Züge. Zu spät. Schon hatte er die Klinge in ihrem zarten Fleisch versenkt. Die Klinge, die sich im Eifer des Gefechts vom Schaft gelöst hatte.

Mühsam hob er den Kopf und spähte zu Joshs Haus hinüber. Nur ein paar Stunden später hatte der Herrgott ihm seine verdiente Strafe gesandt, die ihn zuerst ans Bett und dann an den Rollstuhl fesselte.

In diesem Augenblick spürte er umso größere Sehnsucht nach Leni, nach seiner früheren Leni und nach dem Wunsch, dass sie ihn auf der Stelle in den Arm nehmen und wie ein Kind darin wiegen möge. Doch immer noch stand sie dort am Fenster, regungslos, fast starr. Da stimmte doch etwas nicht!

Sein Herzschlag drohte auszusetzen, als er die Umrisse eines Messers dicht vor Lenis Kehle gewahrte. Um Himmels willen …

„Aufhören!", wollte er rufen. Wie stets drang kaum ein Ton aus seiner Kehle. Joshs Hand hob das Messer. Kay spürte einen kalten Hauch. Er war nicht in der Lage, seinen Blick zu lösen. Ihr Gesicht hatte Leni zur Straßenseite gewandt. Das Messer senkte sich auf sie hinab.

In seinen Ohren hörte Kay seinen Puls rauschen. Er sah auf seine Hand mit der silbernen Kette. „Ot-to", hörte er sich sagen. Dabei hatte er „Silberherz" rufen wollen. *Halt durch, Leni. Denk an uns und das Silberherz.*

Er schloss die Augen, wandte sich langsam vom Fenster. Hatte begriffen und ließ die Kette zu Boden fallen. Wollte das Haus nicht mehr sehen und die Straße ohne Wiederkehr. Sie geht und macht ihren Wochenendeinkauf, hatte Leni gesagt. Damit sie beide in den nächsten Tagen genug zu essen im Kühlschrank hätten. Die Sozialstation habe einen Personal-Engpass, hat sie gesagt, und die Pflegerin Emily Gruber läge sowieso mit der Grippe flach. Das sei überhaupt kein Problem, hatte Leni der Pflegeleitung am Telefon zur Antwort gegeben. Sie nähme sich einfach ein paar Tage frei.

Katie Schweitzer

Warte im Phillies auf mich

Der Zeiger der Bahnhofsuhr zuckt auf 03:07 Uhr, als der Zug mit kreischenden Bremsen hält.

„Weidenau, hier Weidenau, bitte alle aussteigen. Der Zug endet hier."

Simone klettert müde aus dem Waggon. Sie hat nach einer langen, hindernisreichen Bahnfahrt an diesem frühen Sonntagmorgen nur noch drei Wünsche: eine heiße Dusche, ein Glas Rotwein und das eigene Bett. Die Kopftücher und Häkelkäppis der muslimischen Großfamilie, die mit ihr ausgestiegen ist, verschwinden in der Unterführung. Ein Pfiff gellt. Der Zug rumpelt und rollt langsam aus dem Bahnhof. Dann ist der Bahnsteig menschenleer.

Wo bleibt Berthold? Vor einer Stunde hat er angerufen, dass er sie pünktlich abholen würde. Ob er vor dem Bahnhof im Auto wartet?

Soeben hat Simone den Vorplatz erreicht, da signalisiert ihr Handy eine Nachricht: „Falls ich mich verspäte, warte im Phillies auf mich – Bert." Sie will zurückrufen, dass sie ein Taxi nimmt, doch die Mailbox richtet aus:

„Der Teilnehmer ist zurzeit nicht erreichbar."

Beklommen blickt sie sich um. Der Platz liegt wie ausgestorben vor ihr. Im Eingang der geschlossenen Bahnhofskneipe hat sich eine Gestalt in ihren Schlafsack verkrochen. In den Schaufenstern der schäbigen Läden verschluckt hohle Düsternis die Auslagen. Die wenigen intakten Straßenlaternen schwanken im Wind und werfen mehr Licht auf den Zustand der Stadtkasse als auf das schadhafte Pflaster. Vorsichtig balanciert Simone über zerbrochene Gehwegplatten zum Taxistand. Ein Schild informiert, dass hier täglich von 06.00 bis 24.00 Uhr drei Droschken warten. Rowdys haben die Rufnummer der nachts besetzten Telefonzentrale zerkratzt. Na super, dann eben kein Taxi! Die heiße Dusche und ihr kuscheliges Bett rücken in weite Ferne. So allein, so hilflos hat sich Simone schon lange nicht mehr gefühlt. Sie schluckt, am liebsten würde sie heulen.

„Berthold wird bestimmt gleich hier sein", spricht sie sich Mut zu. Sie fröstelt in der unbehaglichen Märzluft, schließt die Jackenknöpfe, wickelt sich den Schal um den Hals und steuert auf den einzigen hell erleuchteten Fleck des Platzes, das Nachtcafé Phillies, zu. Der Rollkoffer folgt ihr knirschend. Ihre hohen Absätze knallen bei jedem Schritt ein Loch in die Stille.

Das Phillies versprüht tagsüber den Charme einer italienischen Eisdiele und sieht um diese Zeit noch abweisender aus. Hinter der riesigen Glasfront sitzen an der Bar die letzten Nachtschwärmer wie Salzsäulen hinter ihren Kaffeepötten, während der Kellner hin und her wuselt. Der Typ mit dem Rücken zu Simone hat seinen Hut tief in die Stirn gezogen und scheint zu schlafen. Er hat was von Humphrey Bogart an sich. Das Pärchen ihm schräg gegenüber sitzt da, als ob es sich schon viel zu lange kennen würde. Kaltes Neonlicht überstrahlt die Szene und flutet über den Gehweg.

Warum sind *die* noch nicht im Bett? Immerhin ist es halb vier, denkt Simone und bleibt unschlüssig im Schatten stehen. Soll sie hineingehen? Nein, Berthold muss jeden Moment eintreffen. Erneut versucht sie, ihn zu erreichen – vergebens. In ihr Unbehagen mischt sich Ärger. Warum nur hat er das Handy ausgeschaltet?

Hinter ihr raschelt es, sie erschrickt. Sie tastet in der Schultertasche nach dem Pfefferspray und steckt es einsatzbereit in die Jacke. Sicher ist sicher. Doch es ist nur der Nachtwind, der sich die Zeit mit ein paar Fetzen Papier vertreibt.

Simone wünscht die Idee zum Teufel, Berthold mit den neuen High Heels überraschen zu wollen. Hätte sie doch nur die Schuhe gewechselt. Sie tritt von einem Bein auf das andere. Die schmerzenden Füße geben den Ausschlag, dass sie sich entschließt einzukehren. Ein heißer Tee würde ihr gut tun. Während sie den Eingang zum Phillies sucht, hört sie ein Auto heranfahren. Endlich, Berthold! Beim Näherkommen legen sich wummernde Bässe über den Motorenlärm. Aufgeblendete Scheinwerfer irrlichtern über triste Häuserfassaden. Der Fahrer bremst kurz, das Fenster öffnet sich, Zoten schallen zu ihr herüber, dann heult der Motor auf, und das Auto schleudert hupend um die Kurve.

Simones Herz macht einen Satz, ihr Pulsschlag hämmert gegen die Schädeldecke, als wolle er hindurchstoßen. Sie ringt nach Luft. Langsam löst sich ihre

Hand von der Spraydose und hinterlässt einen nassen Abdruck. Mit einem Mal erscheint ihr das Lokal wie eine Rettungsinsel mit Licht, menschlicher Gesellschaft und Sicherheit. Wo ist nur diese verdammte Tür? Um sich bemerkbar zu machen, klopft sie an die Scheibe. Die junge Frau an der Bar betrachtet ohne Regung weiterhin ihre Fingernägel, während ihr Begleiter teilnahmslos geradeaus starrt. Simone klopft heftiger und erreicht, dass sich der Bogart-Verschnitt bewegt. Er muss etwas zu dem Jungen hinter der Theke gesagt haben, denn dieser blickt auf seine Armbanduhr und anschließend in Simones Richtung, schüttelt den Kopf und dreht ihr den Rücken zu.

Nein, das darf nicht wahr sein! Sieht der Kerl denn nicht, dass sie allein auf der Straße steht? Mitten in der Nacht? Allmählich breitet sich Panik in ihr aus. Kurz vor vier Uhr, schon eine Stunde Verspätung! Zum dritten Mal wählt sie Berthold an – flucht, als wieder die unpersönliche Stimme der Mailbox antwortet. Ihm muss etwas passiert sein, niemals würde er sie grundlos dieser Situation aussetzen.

Endlich entdeckt sie den Eingang und hastet darauf zu, als ihr die drei Gäste entgegenkommen und wortlos in die Nacht verschwinden. Der Kellner schließt die Tür hinter ihnen ab. Sie sieht ohnmächtig zu, wie er die Theke abwischt, die Hocker in Reihe rückt, Käppi und Kittel ablegt und unter der Bar verstaut, um schließlich hinter einer Tür mit der Aufschrift „Privat“ zu verschwinden.

Schlagartig erlischt die Beleuchtung im Phillies, Simone steht im Dunkel.

Sie glaubt, nicht mehr atmen zu können, greift sich an die Kehle, um den Schal zu lockern. Ihr Herz rast, sie taumelt und kippt gegen die Hauswand hinter ihr. Jetzt nur nicht ohnmächtig werden! Langsam gewinnt sie die Kontrolle über sich zurück.

In diesem Moment hört sie ein Auto näher kommen. Blaulicht und grelle Scheinwerfer entfachen auf der spiegelnden Front des Phillies eine Blitzorgie. Ein Polizeiwagen fährt direkt auf sie zu. Simone umklammert den Koffergriff und schirmt mit der anderen Hand ihre Augen gegen die Helligkeit ab. Was will die Polizei? Hat sie sich verdächtig benommen? Hat Berthold sie geschickt? Das Auto hält an, die Türen öffnen sich, zwei uniformierte Polizisten steigen aus und kommen auf sie zu.

Simone beginnt erneut zu zittern. Ihre Hand krallt sich um den Koffergriff. Sie hat es gefühlt, Berthold ist etwas passiert.

„Guten Morgen. Können wir Ihnen behilflich sein?"

Verwirrt starrt Simone den Uniformierten an.

„Was ist mit meinem Mann?"

„Wieso Ihr Mann?"

„Mein Mann..." Ihre Stimme versagt, sie krächzt: „Er wollte mich schon vor einer Stunde abholen."

Ein weiteres Auto prescht heran. Der Fahrer stoppt neben dem Polizeiwagen und springt heraus, kaum dass das Fahrzeug steht.

„Berthold. Endlich."

Simone lässt den Koffer los. Sie stolpert Berthold entgegen, knickt mit einem Fuß um und fällt mit einem Schrei gegen seinen Brustkorb.

„Wo warst du? Warum hast du das Handy ausgeschaltet?" Wut und Schmerz treiben ihr Tränen in die Augen. „Tausend Ängste habe ich ausgestanden!"

„Ach ja, das blöde Funkloch", sagt Berthold und streichelt Simones Rücken. „Aber ich verstehe nicht, wieso du dich so aufregst wegen der paar Minuten Verspätung."

Einer der Polizisten tippt Berthold auf die Schulter.

„Entschuldigung. Sie haben wohl vergessen, dass heute Nacht auf Sommerzeit umgestellt wurde."

Katie Schweitzer

Für Schwiegersö(h)ne verboten!

Wenn mein Großvater eine seiner nächtlichen Hustenattacken bekam, wachten Tobi und ich regelmäßig auf. Durch die Zimmerdecke unseres alten Bauernhauses hörten wir ihn ächzen, hustend und pfeifend nach Atem ringen. Meist wachten auch unsere Eltern auf, die im Zimmer neben uns schliefen.

„Stopf dem Alten den Hals, die Bellerei ist ja nicht auszuhalten!" Obwohl mein kleiner Bruder und ich uns die Ohren zuhielten, bohrten sich Vaters böse Worte in unsere Köpfe. Und Mutters Bett knarrte, wenn sie sich erhob, um Großvater die Medikamente zu bringen.

Seit jenem Streit, ob unser Haus verkauft werden sollte, den Großvater mit einem „Nur über meine Leiche!", für sich entschied, entlud sich Vaters ungerechter Zorn bei jeder Gelegenheit über seinen Schwiegervater.

Ich liebte unser Haus ebenso wie meinen Großvater. Im ehemaligen Stall unserer Ziege Schneewittchen hatte er für sich und uns Enkel ein eigenes Reich erschaffen. Ursprünglich sollte in dem kleinen Anbau das Kaminholz gelagert werden. Doch der Kamin, den Vater in einem seltenen Anfall von Aktivität gemauert hatte, rauchte dermaßen, dass der Schornsteinfeger seine Benutzung untersagt hatte. Das voreilig zersägte und gespaltene Holz hatten wir Kinder gemeinsam mit Großvater an den Wänden aufgestapelt. Der warme Geruch der trockenen

Scheite trug zur heimeligen Atmosphäre unseres Refugiums bei. Nur Tobi und ich wussten, dass die Stapel Großvaters Geheimnis verbargen.

Wir saßen auf zwei altersschwachen Korbsesseln mit Armeewolldecken, die bei Regenwetter nach Hund stanken, und einem Kamelhocker, dessen Lederstickereien sich mehr und mehr auflösten. Unsere Füße kuschelten wir in die Felle mehrerer Schneewittchen, die längst im Ziegenhimmel wohnten.

An die Lampe erinnere ich mich besonders gut. Großvater hatte ein Loch in den Boden einer ausrangierten Seihschüssel aus Emaille gebohrt, eine Glühlampe installiert und die ungewöhnliche Kreation an einem Haken an der Decke aufgehängt. Ich drehte den Lampenschirm an den Henkeln so lange, bis sich das Kabel kringelte. Wenn ich losließ, wirbelte ein Meer von Sternen über die Wände und verwandelte den Raum für kurze Zeit in ein Universum.

Im Licht der Lampe spielten wir Halma oder Elfer raus! miteinander. Großvater schnitzte Pfeifchen aus Haselnussgerten für Tobi und mich und erzählte von einem Früher, das nach barfußwarmen Sommern, selbstgebackenem Brot, herbstlichem Kartoffelfeuer und knochenkalten Wintern roch. Manchmal bastelten oder spielten Großvater und ich zu zweit an dem Tisch, auf dessen Platte die altmodische Aufschrift „Frauen" ihre ehemalige Verwendung verriet. Wir Kinder schoben den Auf-Zu-Riegel in einem ziellosen Wettbewerb so lange hin und her, bis aus Großvaters Brust ein dumpfes Grollen aufstieg.

Unaufhaltsam schwoll es zu einem Hustenanfall an, der stets damit endete, dass er in sein kariertes Taschentuch spuckte, es zusammenknüllte und zurück in die Tasche seiner ausgebeulten Cordhose stopfte. Anschließend stand er auf, zog mehrere Scheite aus dem Holzstapel, holte eine bauchige Flasche mit goldenem Etikett mit dem Schriftzug „Chantré" hervor, schraubte sie auf, setzte sie an den Mund – und der goldgelbe Inhalt gluckerte seinen Hals hinunter. Mit den Worten „Der beste Hustensaft ist ein Conjäckchen!", verbarg er die Flasche wieder in dem Holzstapel. Tobi und ich schworen beim Geist unserer toten Großmutter, dass wir das Versteck nie, niemals verraten würden.

An der Eingangstür baumelte ein Schild, in das Großvater mit dem Lötkolben *Für Schwiegersöne verboten!* eingebrannt hatte. Das H in „Söhne" fehlte. Für Vater bei der Kontrolle meiner Hausaufgaben jedes Mal Anlass, darauf hinzuweisen, von wem ich mein miserables Deutsch geerbt hätte. Ich wusste, dass Vater das Verbot missachtete, denn ich sah ihn aus unserem Raum kommen mit einem Gesichtsausdruck wie bei Tobi, wenn ich ihn beim Spielen mit meiner Eisenbahn erwischte.

Wenige Tage nach dieser Begegnung, als Großvater und ich Kürbisse aushöhlten, überfiel ihn ein besonders heftiger Husten. Er stemmte sich aus dem Sessel hoch, wand und krümmte sich, seine Augäpfel traten rot hervor, sein Gesicht leuchtete lila zwischen den borstigen Bartstoppeln.

„Hustensaft, schnell!", keuchte er. Ich kramte eilig die Flasche aus dem Versteck und reichte sie ihm. Er trank mehrere Schlucke und verzog das Gesicht.

„Stimmt etwas nicht?", fragte ich. Doch er schüttelte den Kopf, und der Husten beruhigte sich. Großvater schloss die Augen, atmete leise röchelnd, seine Haut nahm wieder die normale Farbe an, und der Bart glättete sich. Alles schien in Ordnung.

Ich bemühte mich gerade, gleichmäßige Zacken aus dem Kürbisrand heraus zu schnitzen, als Großvater unruhig wurde. Er erhob sich stöhnend, lockerte seinen Gürtel und massierte sich den Magen. Auf seiner Stirn sammelten sich Schweißtropfen. Langsam zog er die Flasche, die noch auf dem Tisch stand, zu sich heran, schnupperte an der Öffnung und runzelte die Stirn. Er starrte auf das goldglänzende Etikett und schüttelte den Kopf. Unvermittelt riss er die Augen auf, fuchtelte mit den Armen, wankte und sackte im Sessel zusammen. Sein Kopf kippte über den Sesselrand, und aus seinem Mund brodelte rosa Schaum. Bevor der Inhalt der Flasche, die seiner Hand entglitten war, in die Ziegenfelle sickerte, hob ich sie hastig auf und schraubte sie zu, um sie wieder zu verstecken. In der Aufregung fielen mir etliche Holzstücke hinunter. Ich steckte die Flasche irgendwo hin, hörte sie leise klirrend rutschen und schichtete mehrere Scheite darüber. Nach einem Blick auf Großvater, der bleich und mit offenen Augen im Sessel hing, rannte ich, um Hilfe zu holen.

„Sein Herz", sagte der Arzt, „und dann die chronische Bronchitis, sein Tod war abzusehen."

Einige Zeit nach Großvaters Tod erkrankte mein Bruder an einer heftigen Erkältung. Nachts schreckte ich wegen seiner Husterei immer wieder hoch. Als meine Eltern eines Abends ausgegangen waren, schlich ich hinunter in den Anbau, um Großvaters Hustensaft zu holen. Bestimmt würde er auch Tobi helfen, und ich würde endlich schlafen können.

In der ehemals gemütlichen Kammer herrschte Chaos. Vater hatte sämtliche Holzstapel durcheinander geworfen, die Sessel und den Tisch zerhackt und die Ziegenfelle in eine Ecke geschmissen. Die Möbelreste und Holzscheite lagen kreuz und quer auf einem Haufen, obendrauf das Schild *„Für Schwiegersöne verboten!"*. Ich musste lange nach der Flasche suchen und fand sie schließlich, verdeckt von Spinnweben, tief unten in den Holz- und Rindenresten, die sich unter dem ehemaligen Holzstapel angesammelt hatten. Notdürftig wischte ich die Flasche mit meiner Schlafanzugjacke ab und eilte zurück.

Tobi erwartete mich mit fiebrig glänzenden Augen. Seine Zähne klapperten einen Galopp.

„Hanno, hilf mir, ich friere", jammerte er.

„Gleich geht es dir besser", tröstete ich ihn und goss den Rest des Flascheninhalts in einen Becher.

„Hier, trink, das ist Opas Hustensaft." Tobi nippte und verzog das Gesicht.

„Schmeckt eklig. Ich will nicht."

Ich hielt ihm den Becher erneut unter die Nase und nickte ihm aufmunternd zu.

„Mach schon, Mama sagt immer, Medizin darf nicht schmecken, sonst wirkt sie nicht."

Zögernd nahm Tobi den Becher in beide Hände, kniff die Augen zu und trank. Kaum hatte er den letzten Schluck getan, warf er den Becher von sich und schnappte nach Luft. Tränen kullerten über seine Wangen. Trotz Großvaters Medizin setzte der Husten wieder ein. Ich hielt Tobi in meinen Armen, klopfte ihm auf den Rücken und redete leise auf ihn ein, bis er ermattet in sein Kopfkissen sank und vor sich hin wimmerte.

„Nicht weggehen", flüsterte er, als ich die Flasche zurückbringen wollte. „Ich hab' so Angst."

Ich stellte die Flasche auf das Nachtschränkchen und nahm seine heiße Hand in meine Hände. So muss ich eine Weile gesessen und irgendwann eingeschlafen sein.

Ein Geräusch ließ mich zusammenzucken. Tobi hatte sich aufgerichtet, in seiner Kehle gurgelte es. Ich beugte mich zu ihm hinüber. Seine Hände verkrallten sich in meinen Schlafanzug. Er starrte mich mit riesengroßen Augen an. Seine Lippen bewegten sich tonlos.

„Lauter", sagte ich, „ich verstehe dich nicht."

Tobi antwortete nicht. Seine Finger lösten sich einer nach dem anderen von meiner Jacke, dann fiel er um. Schaumbläschen krochen aus seinem Mundwinkel.

„Tobi?!"

Ich schüttelte ihn, aber er rührte sich nicht. Seine Augen, eben noch fiebrig glänzend, starrten grau und stumpf zur Decke. Ich begann zu schreien.

In diesem Moment flog die Tür auf, mein Vater stürmte herein, hinter ihm tauchte das Gesicht meiner Mutter auf.

„Was ist hier los?", brüllte er, „Ihr solltet längst schlafen!", und verstummte.

Sein Blick hetzte von Tobi zu mir und weiter zu der Flasche auf dem Nachtschränkchen. Er griff nach ihr und erbleichte. Er wankte, suchte mit der anderen Hand am Türrahmen Halt.

„Hat er etwa davon...?"

Ich nickte.

Katie Schweitzer

Agoraphobie

Nie wieder hatte sie herkommen wollen, nie wieder.

Der Domplatz war größer als in ihrer Erinnerung. Im gleißenden Sonnenlicht schien er sich ins Unendliche zu dehnen. Linker Hand nahm sie die Hauptwache wahr, ohne hinzusehen. Am Rand der Fläche, unerreichbar weit weg: Das rote Haus, das schon zur Krämerstraße gehörte. Trotz des frühen Nachmittags war der Platz bis auf einzelne parkende Autos leer, so leer wie damals.

Sie fröstelte.

„Sie müssen sich Ihren Ängsten stellen", hatte ihre Therapeutin geraten, „sonst werden Sie sie niemals los."

Sie knetete ihre Tasche, presste sie mit beiden Händen an die Brust. Der Inhalt gab ihr Sicherheit. Sie wiederholte ihr Mantra, atmete langsam ein, atmete aus; spürte, wie der Domplatz zu kreisen begann und biss sich auf die Lippen, bis er stehen blieb. Das helle Licht trieb ihr Tränen in die Augenwinkel, doch sie wagte nicht, ihre Hände von der Tasche zu lösen. Hoch über ihr begann die Uhr des Doms zu schlagen, vier helle Viertelstundenschläge, dann die tiefen Stundenschläge. Sie zählte mit „eins, zwei, drei". Wie damals.

Sie begann zu zittern.

„Das war nachts", versuchte sie sich zu beruhigen, „jetzt ist heller Tag." Ihre Therapeutin nannte das Selbstinstruktion. In unzähligen Nächten hatte sie davon geträumt, den Platz ohne Angst zu überqueren, vor ihren Augen das Ziel, das Herz leicht vor Glücksgefühl.

Einen Schritt vorwärts, nur einen, machte sie sich Mut.

Doch ihre Füße regten sich nicht, als seien sie aus Granit wie das Kopfsteinpflaster, auf dem sie standen.

Hinter ihr näherten sich Schritte, feste, selbstbewusste Schritte. Ihr Herzschlag beschleunigte sich, das Zittern wurde stärker. Die Angst umklammerte ihr Herz, klemmte ihr den Atem ab.

Sie schloss die Augen.

Dunkelheit. Schritte von hinten. Sie läuft, rennt, die Schritte werden schneller, lauter, holen sie ein. Eine Hand presst sich auf ihren Mund. Gestank nach Nikotin, Alkohol und Schweiß. Sie würgt, will schreien.

„Schnauze, oder ich dreh dir den Hals um.“

Sie will weglaufen, doch der massige Mann drängt sie unter die Arkaden der Hauptwache. Die Domuhr schlägt die dritte Stunde, später das erste Viertel der neuen Stunde, danach zwei Schläge für das zweite. Die dreißig Minuten dazwischen – eine Ewigkeit.

„Wenn du petzt, erzähl ich in der Firma, was für ne Schlampe du bist.“ Dann ist er weg, lässt Ekel, Scham, Gestank und Angst in ihrem Kopf zurück. Dieter Achenbach, Juniorchef von Achenbach & Sohn, der Chef ihres Vaters.

Sie hatte nichts erzählt. Sie war fort gegangen. Die dreißig Minuten zwischen den drei dunklen und den zwei hellen Glockenschlägen gingen mit ihr.

Jede einzelne.

„Guten Tag", grüßte eine Frauenstimme dicht hinter ihr.

Sie öffnete die Augen, ihr Atem normalisierte sich, sie erhaschte einen Hauch Parfüm, als eine Frau im grünen Kleid vorüber ging, freundlich nickte, und über den Platz davon eilte. Das Grün leuchtete, verschwand beim roten Haus in der Krämerstraße.

„Na also, ist doch ganz einfach", flüsterte sie, „was die Frau kann, kann ich auch."

Ihre verkrampften Hände lockerten sich, legten feuchte Flecken auf der Handtasche frei.

Den Blick auf das rote Haus gerichtet, wagte sie einen Schritt. Und noch einen. Pfosten für Pfosten tastete sie sich an der Kette entlang vorwärts, die die Fahrspur über den Domplatz von der Fußgängerzone trennte.

Das rote Haus, Krämerstraße 14, dritter Stock.

Sie wurde schneller. Ihr Schritt unbeschwerter. Eine Hand grub sich in die Tasche, legte sich um einen glatten Griff.

Sie fühlte sich leicht, sie würde es schaffen. Es war kein Traum. Diesmal nicht.

Nur noch wenige Schritte. Dann die Treppe hinauf. Dritter Stock. Sie zog die Hand aus der Tasche, eine Messerschneide blinkte.

Auf dem Namensschild neben der Klingel: Dieter Achenbach

Christine Bendik

Skandal um Susi

„Verrate mir, was du trägst, Cherie."

Ich lasse mir Zeit mit der Antwort, Zeit ist Geld.

Ich rücke das Bügelbrett zurecht, benetze den Kittelkragen mit Sprühstärke, stecke mir eine Kippe zwischen die Lippen und gebe meiner Freundin Vroni auf dem Kamelhocker vor dem Bücherregal Zeichen, wo genau sie die Krimskrams-Schublade mit den Feuerzeugen findet. Mühsam unterdrücke ich ein Gähnen. Die Frage des Freiers am Telefon soll wohl originell klingen. Was trägst du, pah! Genau wie all die anderen, die „Lady Susis" Dienste in Anspruch nehmen, ist er der Überzeugung, gerade das Rad neu zu erfinden. Der Geilste, Schärfste, Beste zu sein. Und es mir kleinem geilem Luder megamäßig zu besorgen.

Was die Bügelrate betrifft, könnte der Mann durchaus richtig liegen. Je langweiliger das Gespräch, desto flinker und beinahe zorniger gleitet das Eisen über die Stoffe.

„Das Grüne?", flüstert Vroni und hebt die Brauen. Ich sehe und höre ihr die Bemühungen an, die Diskretion zu wahren, damit sie mir das Geschäft nicht vermasselt. Und das, obwohl ihr mein kleiner Nebenjob schon lange ein Dorn im Auge ist. Wahre Freundschaft eben.

„Das kleine Blaue", flüstere ich zurück. Das Grüne ist leer.

Der Mann am anderen Ende der Leitung schnappt nach Luft. Hauke. Er heißt Hauke. Das allein für sich genommen macht sicher einsam. Und Einsamkeit ist einer der Gründe, wieso Männer mich kontaktieren.

„Ein Kleid also. Blau. Blue Velvet? Tiefer Ausschnitt? Geil, ey.“

Ich rücke das verrutschte Head-Set zurecht. „Kleid … Ähm, Samt, ganz recht. Tiefer Ausschnitt. Fühl mal. Gefällt dir das, Großer?“

Vroni rollt mit den Augen. Der Typ stöhnt auf.

Lavendelartig duftet der Nebel aus der Dose, der nun den Kittelrücken befeuchtet. Doktor med. dent. Mayer wird stolz auf mich sein, wenn ich morgen früh, frisch gestärkt, mit braver Hochsteckfrisur am Stuhl assistiere. Vroni eilt heran mit dem Feuer, geduckt und auf Zehenspitzen, als wäre sie lieber unsichtbar. Sie vermeidet den Blickkontakt. Fremdschämen nennt man ihn wohl, den verkrampften Ausdruck in ihrem Gesicht. An ihrer Schuhsohle klebt ein Zettel. Ich bekomme sofort wieder Herzklopfen, wie heute Morgen, als ich das Ding im Briefkasten entdeckt habe. Soll ich Vroni darauf aufmerksam machen, was sie gerade spazieren führt? Jetzt ist nicht der richtige Zeitpunkt.

Ich ziehe ein Seitenteil über das Bügelbrett und streiche es glatt. Vorsichtig fahre ich mit der Bügeleisenspitze zwischen die Knöpfe.

„Sag, wie jung du bist.“ Mit den Blicken auf Vronis Gesicht, in die sich seit ihrem Fünfzigsten zwei scharfe Falten wie Canyons von der Nase zu den Mundwinkeln graben, sage ich „Dreiundzwanzig". Hat er das nicht erst letzte Woche gefragt? Wahrscheinlich bin ich nicht die Einzige, bei der er sein sauer verdientes Geld lässt. Ich denke noch so bei mir, dass die „Canyons" wirklich Lappalien sind in einem so hübschen Gesicht wie Vronis, als Haukes Stimme sich wieder vernehmen lässt, und ich mich aufs Gespräch konzentriere.

„Schieb dein Röckchen hoch, Cherie. Und sag: Was trägst du unter dem Samt?"

Ich nehme einen tiefen Zug Marlboro, halte den Rauch in der Mundhöhle. Zappeln lassen. Zappeln und Zahlen im Minutentakt. Mein Blick durchsucht den Raum, fällt auf das Familienfoto an der Wand: Ich mit meiner Tochter Marie beim Sonntagsspaziergang, Marie in weißen Overknees. Das Foto wurde vor zehn Jahren geschossen, da war sie fünfzehn.

„Lackstiefel", sage ich spontan und stoße den Rauch in kleinen Kringeln aus. „Schwarz, bis zu den Knien. Und unter dem Rock, " – ich tausche einen langen Blick mit Vroni, die es sich, die Schuhe ausgezogen und die Füße im Hochflorteppich vergraben wie Mäuse in ihrem Bau, wieder auf dem Kamelhocker bequem gemacht hat und die Szene mit grenzdebilen Blicken verfolgt – „unter dem Rock", wiederhole ich und senke meine Stimme, „bin ich nackt."

Meine Zunge schiebt die Kippe in meinen Mundwinkel. Rauch steigt in mein rechtes Auge und fordert ihm eine Träne ab. Ich stelle das Bügeleisen auf und falte den Kittel schrankfertig. Vroni guckt schon ganz ausgehungert und leckt sich die Lippen. Sie hat einen Tisch für zwei bestellt, beim Italiener um die Ecke. Auch mein Magen knurrt.

Ich sehe aus dem Fenster. Kinder tummeln sich auf dem Ketteler-Spielplatz mit der grasgrün gestrichenen Wippe. Bald wird die Sonne untergehen und die frischen Frühlingstemperaturen werden die Kleinen nach Hause in die warmen Stuben treiben. Hauke hat mir befohlen, mich auszuziehen. Die schönen Stiefel, sagt er, könne ich anbehalten.

Gleich habe ich Feierabend. Ich drücke die Kippe in den Ascher, starre auf meine Füße in den schwarzen Flip-Flops mit den goldenen Seidenröschen, die ich sonst immer im Schwimmbad trage. Die Fußnägel haben es bitter nötig, der Lack blättert schon. Vroni reibt sich demonstrativ den Bauch. Zeitgleich vernehme ich ein Geräusch auf der anderen Seite der Leitung. Als ob sich ein Schlüssel in einem Schloss dreht. Eine Tür fällt zu.

„Wer ist das am Telefon, Schatz?", fragt eine Stimme im Hintergrund.

Gottchen. Die Gattin. Oder Freundin. Jetzt heißt es, kühlen Kopf bewahren.

„Gib mal den Hörer, Hauke."

„Nein bitte, lass …"

„Mach mir nichts vor. Ich weiß, wer sie ist."

„Eine Kollegin, nichts Ernstes."

„Den Hörer, bitte." Jemand holt Luft. „Hör mal, du Schnepfe, dass das klar ist: Ich weiß Bescheid."

„B-Bescheid?"

„Ich sag nur: Theresienstraße 11. Du wohnst in dem Haus mit dem Erker.“

Ich muss mich setzen. Was geht hier vor sich? Für die Geheimnummer habe ich eine Stange Geld an den Provider bezahlt.

„Lass meinen Mann in Ruhe, Cherie. Sonst …“, geifert die Stimme an meinem Ohr.

Sonst was? Soll es eine Drohung sein? Hat Frau Hauke den Zettel in meinen Briefkasten gelegt: „Ich sehe dich“? Den Zettel, der an Vronis Schuh klebt?

Ich beschließe, auf mein Honorar zu verzichten, und lege genervt auf. Na, das wird eine fette Beschwerde geben! Aber jetzt brauche ich erst einmal etwas Deftiges zwischen die Zähne.

„Wollen wir?“ Vroni legt den Kopf schief. „Bist so blass. Ärger?“

Ich gehe, streiche ihr über die Wange und registriere ein Aufleuchten in ihren Augen.

„Eins sag ich dir, Vroni: Nie wieder einen Hauke. War doch klar, dass der Typ Schwierigkeiten machen würde.“ Ich kichere. Vroni scheint zusammenzuzucken.

„Sagtest du Hauke?“

„Komm, Vroni. Ich brauch ein Glas Sekt.“ Sie nickt, lächelnd. Schon die ganze Woche freut sie sich auf den gemeinsamen Abend. Nur wir beide. Quatschen und Lachen und vielleicht ein Stündchen tanzen gehen. Das kommt viel zu selten vor. Ich bin so dankbar, dass es Vroni gibt, dass das Schicksal sie vor zwei Jahren in meine Stadt ziehen ließ.

Aber dann surrt mein Handy, und mein neuer Schatz Jürgen fragt an, ob er uns zwei Hübschen nicht begleiten und das Essen spendieren dürfe. Meine Beziehung ist viel zu frisch, um abzulehnen. Einen Goldschatz wie Jürgen findet man nicht an jeder Ecke. Seine Weltoffenheit und Großzügigkeit haben mir sofort imponiert. Und tolerant ist er auch noch. Ich habe ihm vom Telefon-Sex erzählt.

Die traute Zweisamkeit mit der besten Freundin muss warten.

Anderntags treffe ich mich nach der Arbeit mit Vroni in der Therme am Niederberg, direkt in dem herrlichen Klangbecken mit der sanften Unterwasserbeschallung. Fürs Freibad sind die mickrigen achtzehn Grad Celsius doch zu frisch. Mit den Beinen lang ausgestreckt, die Hände Halt suchend am Beckenrand und bis über die Ohren im warmen Nass, entschwebe ich förmlich, ganz ohne teure Massage, meinen gelegentlichen Rückenschmerzen.

„Wie lange soll denn das noch gehen?", fragt Vroni und erntet ein fauchendes „Schscht" eines anderen Badegastes. Der Typ deutet mit wichtiger Miene auf das Bitte-Ruhe-Schild an der gekachelten Wand. Er möchte seine kleine Nachtmusik ganz ungestört genießen.

Ich zucke mit den Schultern. Ein Jahr, vielleicht zwei, solange muss ich noch in den Hörer stöhnen. Bis der Kredit für die Eigentumswohnung erträgliche Maße annimmt. Und auf ein, zwei Urlaube pro Jahr möchte ich schließlich auch nicht verzichten. Die Scheidung von

Bernd hat eine Stange Geld gekostet, und das lausige Zahnarzthelferinnen-Gehalt erlaubt mir keine großen Sprünge.

„Ich mach mir Sorgen", sagt Vroni. Das nasse Haar klebt ihr im Gesicht. Ihr Bikini-Oberteil verdient allenfalls die Bezeichnung „Stirnband" und bedeckt gerade mal ihre Nippel. Mit ihrer Traumfigur kann sie einfach alles tragen. Nicht zum ersten Mal frage ich mich, wieso sie nach dem Platzen ihrer Verlobung nie wieder Anschluss gefunden hat. Immer noch liegen ihr die Männer reihenweise zu Füßen. Doch sie bleibt wählerisch.

Vroni schwimmt ein paar Züge, schickt dem verkappten Mozart neben der Pool-Leiter einen vernichtenden Blick und verlässt das Becken mit einem aufreizenden Hüftschwung, nur, um gleich darauf ihren Alabaster-Körper drüben in den Whirlpool zu tauchen.

Ich schleiche ihr hinterher, mit gesenktem Kopf. Es war eine Schnapsidee, meiner besten Freundin solch tiefen Einblick in meinen Nebenjob zu gewähren. Sie macht sich viel zu viele Gedanken.

Ich vertiefe mich in das Badewannen-Wasser des Whirlpools. Ein Duft von Rosmarin steigt mir in die Nase, und ich muss niesen.

„Du sag mal. Die kenn ich doch". Vroni wechselt mit den Blicken zwischen der Badekappen-Tante am Becken-rand und meiner Wenigkeit, während die Blubber-Blasen ihr in die Nasenlöcher springen. „Es ist die Bremerin. Das gibt es nicht. Seit wann ist die für Sport zu begeistern?"

Der Wasserdruck bauscht ihr Oberteil auf und legt die Nippel frei. Ich spähe darüber hinweg auf die rosa Badekappe.

„Die – Bremerin?" Wer soll das sein? Und Sport in der Therme, das ist ja wohl ein Witz. Ich jedenfalls liege im Wasser nur faul herum und genieße die Wärme.

„Ich kenne sie noch aus dem Kindergarten. Darf ich vorstellen: Lore Brem-Döring. Arschgeige."

„Sie scheint sich jedenfalls nicht an dich zu erinnern. Schaut durch dich hindurch wie durch Glas".

„Das sieht ihr ähnlich. Immer die Nase in den Wolken. Einfach ignorieren. Aussitzen, bis das Problem sich von selbst löst. Und dabei haben wir beide uns vorgenommen" –

„Das Problem? Bist du das Problem? Und wieso denn Arschgeige?"

Vroni sitzt neben mir auf eine Weise, als hätte sie ein Lineal verschluckt. Ihr rechter Mundwinkel ist verrutscht.

„Ach, das ist eine lange Geschichte. Lore Brem hat mir schon im Kindergarten meine Sandkuchen weggefressen. Und mir Jahre später meinen Verlobten geklaut. Hatte ich erwähnt, dass ich heute Millionärin wäre, wenn Hauke nicht warm gewechselt hätte? Er hat's wirklich geschafft. Mit Zündholzschachteln!"

„Puh …"

„Aber Gott, die alten Zeiten! Man muss auch mal vergeben können." Immer noch klebt sie mit den Blicken an Lore, die Anstalten macht, aus dem Thalasso-Becken zu steigen.

„Vergeben? Du? Zwick mich mal, Vroni!“

Sie lacht meckernd. „Der Mensch entwickelt sich. Hab Lore Brem die Tage beim Bäcker getroffen. Wir beide wollen mal reden.“

So ganz traue ich ihr nicht über den Weg. Die Vroni, die ich kenne, hasst genauso leidenschaftlich, wie sie liebt. So schnell kriegt man sie sonst nicht herum.

„Warte“. In meinem Hirn macht es Klick. „Du liebe Zeit. Ich erinnere mich an deine Berichte. Hieß der Typ, also dein Verlobter, nicht so ähnlich wie …Aber natürlich. Hauke. Hauke Döring, nicht wahr?“

Vroni weicht meinem Blick aus. Dafür lässt sie die Badekappen-Tante nicht aus den Augen, als diese sich auf den Weg zu den Umkleidekabinen macht.

Das Sprudeln und Blubbern des Wassers verstummt wie die spindeldürren Greise am Beckenrand gegenüber, die sich gerade noch angeregt unterhielten. Ich lasse den Atem über meine Lippen fließen, lecke einen salzigen Geschmack auf.

„Kann es sein, dass du gar keinen Bock auf die Frau hast? Es geht dir immer noch um Hauke?“

„Was du denkst! Glaubst du mir nicht?“

Meine Gedanken wandern zu meinem letzten Telefonat. Könnte es Lore Brem gewesen sein, die mich so übel beschimpft hat? Hat Vroni ihr meine Adresse verraten?

„Ich bin es wieder. Hauke.“

Großer Gott. Ich lege das Strickzeug beiseite, rappele mich aus meiner halb liegenden Position auf und schalte den Fernseher leise.

„Hör mal, Hauke. Das läuft nicht. Bist du sicher, dass deine Frau nicht …“

„Keine Sorge. Sie ist zum Schwimmen gegangen. Mittwochsabends ist sie immer zum Schwimmen. Reden wir lieber über dich und mich, Cherie.“

„Willst du mir einen Gefallen tun? Such dir eine neue Susi.“

„Ich will aber dich, Cherie. Bleib mal am Apparat. Wer zur Hölle …“

Einen Herzschlag lang herrscht Stille. Dann – ein Krächzen. Ein Gurgeln.

„Hallo, was ist denn los?“, rufe ich. Mir wird klar: Da passiert etwas, das sich meiner Kontrolle entzieht. Ich höre einen tiefen, befreiten Atemzug. Von der Ehefrau? Von Hauke? Ein dumpfer Schlag erfolgt. Ist Hauke vor lauter Schreck über das erneute Erscheinen seiner Lore vom Stuhl gefallen?

„Hallo?“

Nichts.

Dann ein Klicken.

Der ermordete Hauke Döring, so die Polizei, habe nur ein paar Straßen weiter, droben am Hang in der noblen Villengegend gewohnt. Mir sitzt der Schock noch in den Gliedern. Mord, quasi in der Nachbarschaft. Seine Frau Lore sei seit seinem Tod durch Strangulieren flüchtig. Die

Kripo vermutet, dass sie einiges an Wertsachen eingesteckt hat. Zudem ist im ganzen Haus kein einziger Cent mehr zu finden. Schrecklich, was die Eifersucht mit Menschen macht. Herr Matz von der Kripo will dieser Tage noch einmal bei mir vorbeischauen. Ich könnte locker darauf verzichten, dass sie mich wohl bei der Gelegenheit erneut in die Ermittlungs-Zange zu nehmen gedenken.

„Sie werden sie einbuchten, für viele Jahre", sagt Jürgen. Ich schenke ihm ein dünnes Lächeln, dann studiere ich wieder die Enden der geflochtenen Kordel im Bund meiner Jogginghose. Fast haben meine Finger sie schon in ihre Einzelteile aufgedröselt.

Vroni neben mir wiegt ihren Kopf. „Vorher müssten sie sie schnappen." Sie erntet einen herablassenden Blick Jürgens.

„Sie werden, Vroni. Sie werden. In Zeiten der modernen Polizeiarbeit wird es zunehmend schwieriger, sich zu verstecken."

Vroni reibt mir sanft den Rücken.

„Wie kommst du damit klar?", frage ich sie. „Ich meine, er war mal dein Verlobter." Sie starrt mich nur an. Ich spüre die Fassungslosigkeit.

Die Couch bietet kaum Platz für drei. Jürgen wanzt sich näher an mich heran.

„Tut mir leid, Liebling. Dass du die schreckliche Sache mit anhören musstest. So was braucht kein Mensch."

Ich schlucke krampfhaft. Die Tränen sitzen locker. Jürgen streicht mir über die Wange, obwohl er wohl selbst des Trostes bedürfte. Hauke Döring – das hat sich herausgestellt – war ihm kein Fremder. Haukes und Jürgens Firma, in der er angestellt ist – Verkauf von Holz- und Pellet-Öfen – pflegten enge geschäftliche Beziehungen und hier und dort traf man sich nach Feierabend schon mal auf ein Bierchen.

„Soll ich heute Nacht bei dir bleiben?“ Jürgen legt seinen Arm um mich, ich spüre, wie ich innerlich ruhiger werde. Gleichzeitig zieht Vroni ihre Hand zurück, was ein Gefühl der Kälte auf meiner Schulter erzeugt.

„Ich gehe dann“, kündigt sie an.

„Nicht doch, Vroni. Wieso bleibst du nicht einfach zum Abendessen? Es gibt frisches Brot mit Mett und Zwiebeln.“ Ihr Leibgericht.

Die Blicke, die sie uns beiden sendet, haben etwas von innerer Qual. Ich habe das Gefühl, dass ein Graben zwischen uns klafft. Es ist ja kein Wunder. Die Tat muss sie sehr mitgenommen haben. Wo sie doch gerade erst Frieden mit Lore geschlossen, ja zarte Freundschaftsbande geknüpft hat.

Mir geht es nicht viel besser. Vom Kopf her weiß ich, dass es Blödsinn ist, doch ich fühle mich mitschuldig an Haukes Tod. Immer wieder höre ich das schreckliche Stöhnen und Gurgeln. Mein Bauchgefühl sagt: „Du hättest sofort auflegen sollen, als du Haukes Namen hörtest“. Und schließlich und endlich geht es mir dreckig, weil ich immerzu an Vronis Verrat denken muss.

„Hör auf, dir Vorwürfe zu machen“, hat Vroni gesagt. „Du bist die Letzte, die was für seinen Tod kann.“ Doch dabei hat sie mich so komisch angesehen, als habe sie doch leise Zweifel. Meine kleinen Telefon-Arrangements stoßen ihr sauer auf. Und jetzt gerade, wo sie mit ihrem dünnen Häkeljäckchen in der Tür steht – jetzt schaut sie schon wieder so seltsam auf mich, während sie Jürgen mit Verachtung straft.

„Mach's gut, Susi. Hab schon verstanden. Ihr seid lieber allein." Ihre Stimme klingt schrill. Ich atme tief. Zickigkeit habe ich derzeit so nötig wie einen Kropf.

Ich habe mir für den Rest der Woche frei genommen, um meine Wunden zu lecken. Bei frischem Kaffee und knusprigen Croissants lese ich noch einmal die Zeile auf dem Zettel, den Vroni neben dem Kamelhocker verloren hat. *Ich sehe dich, Cherie.* Cherie. So hat mich nur Hauke genannt. Und Lore, in ihrem Zorn.

Vroni, die gestern auf einer Party ganz in der Nähe zu tief ins Glas geschaut und in meinem Gästezimmer genächtigt hat, runzelt die Stirn. Auch sie geht davon aus, dass Lore hinter der Drohung steckt. Ich beiße in das Croissant, Teigsplitter schneien aufs Tischtuch. Wieso, frage ich mich, trifft der Frust der gehörnten Ehefrauen stets die „Andere"? Wie wäre es zur Abwechslung, sich mal den eigenen Kerl vorzuknöpfen? Ach so, er kann ja nichts dafür, die Hexe hat ihn verführt. Na, dann.

„Was sagt denn der Herr Matz von der Kripo? Er war doch gestern bei dir?"

„Wegen der Drohung? Sie wollen die Sache beobachten."

„Typisch. Und erst wenn was passiert ist …" Vroni nuckelt am Ende eines ihrer langen Zöpfe wie ein Baby an seinem Schnuller. Ich zucke mit den Schultern. Aber so cool, wie ich mich gebe, bin ich längst nicht. Szenen von eifersüchtigen Ehefrauen verfolgen mich, die mit langen Messern in ihren Händen um mein Haus herum streichen.

„Ich frag mich die ganze Zeit - "

„Was'n?", fragt Vroni.

„Bin ich wirklich so dämlich gewesen …?"

„ … dem Hauke deine Adresse zu nennen?"

Ganz sicher bin ich nicht. Was man vielleicht so daher schwafelt. „Heute so spät, Hauke? Ist schon fast dunkel, ich kann gerade noch die Wippe vom Ketteler-Spielplatz erkennen."

Doch ich schüttle den Kopf. „Ich schwör's dir, Vroni. Kein Sterbenswörtchen."

„Jürgen kannte den Toten. Schon mal darüber nachgedacht? Du Susi, es geht mich ja nichts an …"

„Jürgen würde mich nie verraten."

„Wie gut kennst du ihn?"

„Sei nicht albern. Wir lieben uns."

„Wusstest du, dass er Spielschulden hat? Hohe Spielschulden?"

„Wer erzählt so einen Quatsch?"

„Ich hab die Tage Tom Brunner im Nachtcafé getroffen."

„Na großartig. Tom Brunner, die Dorftratsche. Und weiter?"

„Ich hab da kein gutes Gefühl. Jürgen soll spielsüchtig sein.“

„Schluss damit. Du bist ja nur eifersüchtig.“

Sie macht einen Schmollmund. „Darf man sich keine Sorgen mehr machen?“

Ich lege den Zettel beiseite, scheuche die dummen Gedanken fort und verspeise mit Genuss mein Frühstück. Bei einem Glas Sekt stoße ich mit Vroni auf eine bessere Zukunft an. Sie trinkt einen Schluck, stellt ihr Glas ab, lächelt mich an und schlingt ihre Arme um meinen Hals.

„Auf dich und mich, Susi! Auf unsere Freundschaft!“ Ihre Augen strahlen wie zwei Sterne, bevor sie mir einen Kuss auf den Mund drückt. Mein Herz klopft dumpfer. So etwas hat Vroni noch nie gemacht. Was ist nur in sie gefahren?

„Hör mal Vroni, eins will ich klarstellen“ –

Es klingelt. Jürgen. Ich höre mich selbst aufatmen. Immer mal wieder beschleicht mich in den letzten Tagen der Eindruck, dass Vroni mir die Beziehung mit Jürgen nicht gönnt. Dass sie mich gern für sich allein hätte.

„Die Tür ist offen, Liebling“, rufe ich.

„Aber – es ist unser Abend“, beschwert sich Vroni. Und als Jürgen auch nach dem zweiten Sekt noch nicht gehen will, streicht sie beleidigt die Segel.

Ich starre dem späten Gast ins Gesicht, als wäre sie ein Gespenst.

„Eigentlich hab ich …“

„… Veronika Sauer erwartet, nicht wahr?“

„Frau Brem-Döring – stimmt's?" Ich ziehe es vor, sie zu Siezen, auch wenn sie am Telefon Du zu mir sagte. Sie steht schon fast im Wohnzimmer. Automatisch trete ich einen Schritt zurück. Zweifellos, es ist die Badekappen-Tante. „Was wollen Sie?"

„Darf ich hereinkommen?" Lores Augen flehen. „Bitte!"

„Keinen Schritt näher!", sage ich. „Oder ich rufe die Polizei."

Sie wagt es trotz meiner erhobenen Hand, ein Stück auf mich zuzutreten. Der Blick ihrer dunklen Augen wirkt irr, als sie sich rasch im Zimmer umsieht.

Ich hole Luft. „Sagen Sie, was Sie zu sagen haben. Und dann verschwinden Sie. Woher wissen Sie denn, dass Vroni auf dem Weg zu mir ist?"

„Es ist Mittwochabend und wir haben halb sieben durch. Veronika holt Sie immer um sieben ab. Zum Schwimmen. Sie hat's mir gesagt." Ihre Hand fährt in ihre Hosentasche und fördert ein Portemonnaie zutage.

„Kommt Ihnen das Teil bekannt vor?"

Ich brauche es gar nicht näher zu betrachten. Es ist Vronis schwarzes Portemonnaie mit dem kaputten Reißverschluss, der sich nur noch zur Hälfte zuziehen lässt. Typisch Vroni. Ihre Zerstreutheit lässt sie ständig Dinge verlegen oder verlieren.

„Wo haben Sie es gefunden?" Mein Blick irrt hinaus in den Flur, wo noch Jürgens Übergangsjacke am Garderobenhaken hängt, die er gestern Nacht auf dem

Heimweg vergessen hat. Die Eingangstür steht offen. Gut so. Falls ich um Hilfe rufen muss.

„Das Portemonnaie? In meinem Haus in der Herrenstraße", antwortet Lore.

„Vroni hat nichts von einem Besuch bei Ihnen erwähnt."

„Das Teil lag unter dem Schreibtisch meines Freundes. Meines erdrosselten Freundes."

Ich spüre, wie meine Knie zu schlottern beginnen. Was will die Frau mir bloß verzapfen?

„Hören Sie. Warum gehen Sie mit dem Portemonnaie nicht zur Polizei? Ich meine, Sie werden von der Kripo gesucht."

„Wer würde mir schon glauben? Und Sie, ma Cherie, sind auch nicht viel schlauer. Warum gehen Sie denn nicht zur Polizei? Besser wär das. Sie sind praktisch schon eine Leiche." Sie schluchzt auf. „Gott, ich hab immer das Bild, wie er so dalag, mit den weit aufgerissenen Augen …"

Das „Cherie" klang zynisch. Ich balle meine Hände zu Fäusten, blicke mich um. Wo ist bloß das verdammte Handy? Ich muss mich jemandem bemerkbar machen. Vor mir steht eine gesuchte Mörderin.

„Ich – eine Leiche? Wie kommen Sie darauf? Haben Sie vor, mich zu töten? Zuerst den Freier, dann die Schlampe?"

„Hätten Sie ein Glas Wasser für mich?" Das würde ihr so passen. Ich werde den Teufel tun und ihr den Rücken kehren.

„Es ist nicht so, wie Sie denken", sagt Lore. Und jetzt wirkt sie verzweifelt.

„Wie ist es denn dann?" Schritt für Schritt trete ich rückwärts, zum Handy, das ich auf einem Barhocker liegend entdeckt habe.

„Ich hab Hauke geliebt", sagt Lore.

„Glaub ihr kein Wort", sagt eine mir vertraute Stimme. Unbemerkt ist Vroni zur Tür hereingeschlüpft. „Das Portemonnaie muss sie mir im Schwimmbad geklaut haben."

Ich stoße den Atem zischend über meine Lippen.

„Vroni, dich schickt der Himmel!"

Vroni sieht müde aus. Über ihrer Schulter hängt die Badetasche, die sie in der Flur-Ecke verstaut. Langsam schließt sie die Tür hinter sich. Mit kalten Blicken fixiert sie Lore, während sie auf sie zugeht, ihr das Portemonnaie wegnimmt und es in ihre Gesäßtasche steckt.

Dann geht alles ganz schnell. Lore wird handgreiflich, will das Corpus delicti zurück erobern. Ein beherzter Griff, und schon hat Vroni die Tante im Schwitzkasten. Wozu so ein Karate-Training doch gut sein kann.

„Hören Sie", keucht Lore. Sie sieht mir offen in die Augen. „Ich bin es nicht gewesen. Fragen Sie doch mal Veronika. Oder wie, glauben Sie, kommt wohl Ihr Portemonnaie in mein Haus? Sie war immer schon neidisch auf alle, die es besser hatten. Sie sollten sie nicht in Schutz nehmen. Sie sollten sich viel mehr vor ihr fürchten. Wer weiß schon, was ihr krankes Hirn sich ausdenkt."

„Sei einfach still“, sagt Vroni.

„Ja, machen Sie schon“, fordert Lore mich auf. „Rufen Sie die Polizei. Jetzt ist eh schon alles egal. Ich wollte Sie warnen, Cherie. Oder wieso sollte ich mich die letzten Tage bei Freunden versteckt haben, bis ein wenig Gras über die Sache gewachsen war? Aber wer nicht hören will -“ Sie lässt mich nicht aus den Augen, während sie sich verzweifelt gegen den Zangengriff wehrt. „Veronika hält es nicht aus, wenn Leute einander lieben, sie …“

„Hast du was mit den Ohren?“, sagt Vroni und presst ihren Arm noch fester an Lores Hals. „Halt gefälligst den Mund, okay? Fünf Minuten, bis die Bullen kommen. Es kann doch nicht so schwer sein.“

Lore kümmert sich nicht um Vronis Warnung.

„Sie schielt nach dem, was andere haben. Meinen schönen Schmuck hat sie auch mitgehen lassen.“ Sie nestelt an ihrer Halskette aus Platin mit dem funkelnden Diamanten. „Hier. Die Kette hat mir Hauke geschenkt und das passende Armband dazu. Weg, das Armband. Einfach weg. Eine wertvolle Erinnerung, einfach weg.“

Vroni drückt ihr die Knie in die Kniekehlen. „Willst du wohl endlich … So bin ich nicht. Nicht mehr.“

Ich erinnere mich an Vronis. Worte: Der Mensch ändert sich. Und ich kenne sie doch selbst ganz anders. Kann ich sie mir als Diebin vorstellen? Als kaltblütige Mörderin?

„Hauke hat sie links liegen lassen. Das hielt ihr kleines Ego nicht aus. Es sind so viele Jahre vergangen. Sie hat es nicht vergessen. Hat den Schmerz nicht vergessen. Und jetzt, jetzt liebt sie Sie, Susi. Und wieder tut es weh. Denn es gibt da einen Jürgen, nicht wahr?"

„Spricht sie die Wahrheit?", frage ich kleinlaut.

„So was glaubst du von mir?", sagt Vroni. „Ich bin immer ehrlich zu dir gewesen."

Wie zwei erbitterte Feinde sehen wir uns an, doch der gruselige Moment ist rasch vorüber, als zwei Polizisten den Raum betreten und Lore Blum dingfest machen. Im Treppenhaus höre ich ihr Geifern. Vroni aber verlässt mich wortlos.

„Susi. Das klingt jung. Und frech. Beschreib mir, was du anhast."

Dampfend und schwitzend gleitet das Bügeleisen über meine stonewashed Jeans. Es fällt mir schwer, mich auf Ralphs Stimme im Head-Set einzulassen. Gestern um diese Zeit haben sie Lore Brem abgeholt. Ich sollte guter Dinge sein, doch irgendwie fühle ich mich schäbig. Weil ich Zweifel an Vronis Freundschaft hatte. Weil mir immer noch Lores Worte im Ohr hallen: „Sie sind die Nächste".

„He – was ist denn nun?", knurrt der Freier. „Ich hab schließlich bezahlt."

„Augenblick", sage ich. Und beginne einen Rundgang durch meine Wohnung, Flur-Wohnzimmer-Küche – Küche, Wohnzimmer, Flur. Ich komme mir vor wie eine Tigerin im Käfig. Die Gedanken schwirren durch meinen Schädel. Ich knipse das Flurlicht an. Und was sehe ich als Erstes? Jürgens Jacke.

Ich tu das sonst nie. So was widerstrebt meinem Naturell. Eine plötzliche Eingebung. Mit spitzen Fingern greife ich in Jürgens Jackentasche.

Mir wird schlecht. Das Platinarmband mit dem funkelnden Diamanten brennt wie Feuer auf meiner Hand. Und der Liebesbrief an Lore liest sich fast so geschmacklos, wie sich die Worte meines vernachlässigten Freiers im Hintergrund anhören.

Jürgen also. Ich fasse es nicht. Er hat getötet – und mich am selben Abend in seinen Armen gehalten. Er hat uns benutzt. Vroni, Lore, mich. Um Zwietracht zwischen uns zu säen. Um den Mordverdacht von sich abzulenken.

Ich höre Schritte im Treppenhaus. Und einen Schlüssel, der sich im Schloss dreht. Zu spät, um in die Küche zu meinem Handy zu gehen und die 110 zu wählen.

„He", flüstere ich. „Bist du noch dran, Ralph? Hör gut zu".

Katie Schweitzer

Flamingos im Okavango-Delta

Die Oberfläche des Sees funkelt in der Sonne. Tausendstimmiges Vogelgeschrei füllt den Raum zwischen Himmel und Wasser. Auf einer Sandbank studieren Flamingos ein Ballett ein. Sie fliegen auf, gleiten wie eine rosa Schäfchenherde am Himmel entlang und landen wieder – wie auf Kommando. Schwerelos nähert sich Julia den eleganten Vögeln. Sie fühlt sich frei, unendlich frei.

Ein Pochen zerbröselt ihren Traum. Wie ein nasses Tuch legt sich die Wirklichkeit auf ihre Brust. Es klopft erneut. Fordernd. Ungeduldig.

„Ja, ja, ich komme gleich!"

Mühsam erhebt sich Julia und knipst das Licht an. Der Wecker zeigt kurz vor halb Drei. Nur nicht wieder zurücksinken, denn das hieße, dem Schmerz ein weiteres Mal Anlass zu geben, ihr Rückgrat zu zerschneiden. Während sie eine Hand ins Kreuz presst, stützt sie sich mit der anderen auf den Stuhl neben dem Bett. Mit den Füßen hangelt sie nach den Hausschuhen. Sie zieht den Morgenrock über und eilt hinaus.

Kaum hat sie die Tür geöffnet, hört sie ihn zetern.

„Verflucht noch mal! Beeil dich, oder ich pinkle ins Bett."

„Ich bin doch schon da, Vater", beruhigt sie ihn. Während sie seinen Penis in den Entenhals hält, fällt ihr

Blick auf das Foto ihrer Mutter, das verziert mit einer schwarzen Schleife seit sieben Jahren auf dem Nachttisch steht. Ohne Vorwarnung war sie tot umgefallen.

„Herzinfarkt", sagte der Arzt, „die Pflege ihres Mannes war wohl zu viel für sie."

Seither pflegt Julia ihren Vater, hebt ihn aus dem Bett, in den Rollstuhl, auf den Toilettenstuhl und zurück, wischt seinen Hintern ab, wäscht und füttert ihn. Wenn er nachts urinieren muss, steht sie auf. Sie hat es mit Seniorenwindeln versucht, doch obwohl seine Arme zum Teil gelähmt sind, hat ihr Vater es jedes Mal geschafft, sie auseinanderzuzerren.

„Ich bin doch kein Baby!" Niemals wird Julia sein Gebrüll vergessen.

Jede Pflegekraft, die sie entlasten sollte, hat er beschimpft und angespuckt, bis sie das Weite suchte. Er lässt niemanden an sich heran – außer Julia, die er abwechselnd für seine Mutter oder seine Frau hält. Irgendwann war sie trotz einer Haushaltshilfe der Doppelbelastung durch Beruf und Pflege nicht mehr gewachsen. Um einem Disziplinarverfahren wegen Vernachlässigung ihrer Lehrerpflichten zuvorzukommen, ließ sie sich beurlauben. Das war vor vier Jahren.

„Bist du fertig?", fragt sie.

Als Antwort grunzt ihr Vater nur. Sie bettet ihn neu, nimmt die Urin-Ente und verlässt das Zimmer. Draußen kippt sie gegen die Wand. Die Diele dreht sich, das Glasgefäß rutscht ihr aus der Hand, knallt auf den Boden und zerbricht. Der warme Inhalt ergießt sich über ihre

Füße und trieft vom Saum des Morgenrocks. Sie zwinkert, schluckt, doch die Tränen lassen sich diesmal nicht zurückhalten. Wie blind tappt sie ins Badezimmer, wo sie auf dem Toilettenstuhl nieder sackt.

Julia nimmt nicht wahr, wie lange sie dort gekauert und geweint hat. Später wischt sie den Urin auf, duscht heiß und ausgiebig. Trotz ihrer Erschöpfung legt sie sich nicht wieder ins Bett, sondern zieht sich an und geht ins Wohnzimmer.

Sie hat einen Entschluss gefasst.

Im Wohnzimmer schlägt ihr kalter Zigarettenrauch entgegen. Wie immer haben ihre Brüder während des Besuchs am vorhergehenden Abend geraucht. Es sei auch sein Zuhause, hatte sich Ulrich ereifert, deshalb würde er sich das Rauchen nicht verbieten lassen.

Richtig wütend geworden waren Martin und Ulrich, als Julia vorgeschlagen hatte, ihren Vater in einem Pflegeheim unterzubringen. Sie hätte so viel zu sagen gehabt, aber die beiden hatten sie nicht zu Wort kommen lassen. Unterstützt von ihren Frauen hatten sie von Tochter- pflichten und unzumutbaren Zuständen in den Heimen gefaselt. Das könne man dem alten Mann nicht antun. Außerdem sei nicht einzusehen, dass ihr Erbe an die Wohlfahrt verschleudert würde. Sie müssten an die Zukunft ihrer Kinder denken. Julias Einwand, dass sie ebenfalls an ihre Zukunft denken müsse, hatten sie beiseite gewischt. Sie hätte keine Ahnung, was Kinder heutzutage kosten würden. Der Hinweis auf ihre Rückenschmerzen hatte ihnen ein ironisches Lächeln entlockt. Ihnen müsse niemand erklären, was Rückenprobleme bedeuteten. Im Übrigen gäbe es ausgezeichnete Gymnastikprogramme. Sogar auf CD, dann müsste sie nicht einmal das Haus verlassen.

Auf Julias Bitte, sich für den Fall, dass sie krank würde oder Urlaub machen wolle, möglichst bald um eine Fremdbetreuung zu bemühen, war unvermittelt der Aufbruch erfolgt.

„Es ist heutzutage kein Zuckerschlecken, wenn man im Beruf seinen Mann stehen muss", hatte Martin betont, „die Erholungszeiten sind viel zu kurz."

„Wir werden darüber nachdenken, Liebste", hatte ihre Schwägerin geflötet und sie zum Abschied flüchtig auf die Wange geküsst. „Wir melden uns."

Damit hatte Julias fünfzigster Geburtstag geendet.

Sie reißt die Vorhänge auseinander und schiebt die Terrassentür weit auf. Im nahen Wald schreit ein Vogel, ein zweiter antwortet. Die frische Nachtluft beißt sich durch die Watte in ihrem Kopf, vertreibt die Müdigkeit und legt ein Gefühl frei, das niemand ihr, der duldsamen Tochter und Schwester, zutrauen würde.

Es reicht! Endgültig!

Julia holt eine Mappe aus ihrem Schreibtisch und durchwühlt die Unterlagen. Das gesuchte Schreiben liegt zwischen Fotos, Impfpass und Formularen.

„Dear Mrs. Mahler", liest sie den Brief zum wiederholten Mal, „wir freuen uns über Ihr Interesse an der Stelle als Privatlehrerin für die Kinder auf unserer Farm. Ihr Profil entspricht unseren Vorstellungen. Wir haben uns deshalb für Sie entschieden und können es kaum erwarten, Sie in Maun, dem Tor zum Okavango-Delta, begrüßen zu dürfen. Bitte setzen Sie sich wegen weiterer Absprachen mit uns in Verbindung. Wichtige Informationen entnehmen Sie den beigefügten Unterlagen. Es grüßt Sie herzlich, Ihre M. Gardiner.“

Sie betrachtet das Foto der Familie. Vater, Mutter, drei Kinder. Daneben stehen eine Afrikanerin und ein dunkelhäutiges Kind, das den Arm um den Hals eines riesigen Hundes geschlungen hat. Die Menschen scheinen Julia anzustrahlen, sie sehen glücklich und zufrieden aus. Die anderen Fotos zeigen Maun, das Okavango-Delta, Elefanten vor einem Sonnenuntergang, Giraffen im Steppengras und Flamingos, deren grazile Beine sich im Wasser spiegeln.

Ihre Brüder werden sich wundern. Beim Gedanken daran verzieht Julia ihr Gesicht zu einem Grinsen.

Inzwischen ist es fast fünf Uhr. Zu früh, um irgendwo anzurufen. Während die Kaffeemaschine gurgelt, füllt Julia mehrere Formulare aus. Beim Frühstücken behält sie die Küchenuhr im Auge. Die Minuten scheinen zu tröpfeln.

Sie richtet das Tablett mit dem Frühstück für ihren Vater und zählt seine Medikamente ab. Dann geht sie zu ihm, um ihn zu waschen, in den Rollstuhl zu setzen, an den Esstisch zu schieben und zu füttern. Wie jeden Morgen.

Sieben Uhr und fünfzehn Minuten. In Afrika steht man bestimmt früh auf. Julia verschwindet mit dem Telefon ins Nebenzimmer. Nach kurzem Läuten meldet sich Mrs. Gardiner. Das Gespräch dauert nur wenige Minuten und malt ein glückliches Lächeln auf Julias Gesicht. Als Nächstes ruft sie den Flughafen Frankfurt an und erkundigt sich nach den Flugverbindungen nach Botswana.

„Die KLM mit Zwischenstopp in Amsterdam fliegt um 18.10 Uhr. – Ja, zu dem gewünschten Termin sind noch Plätze frei. – Besitzen Sie eine Kreditkarte? – Ihren Namen bitte.“

In den Tagen darauf ist Julia mit Vorbereitungen beschäftigt. Ulrich und Martin lassen nichts von sich hören. Sie wird sich nicht mehr darüber ärgern! Die beiden werden bald sehen, was sie davon haben.

Nicht einmal das Nörgeln und Schimpfen ihres Vaters kann ihre Laune beeinträchtigen. Seine misstrauischen Blicke und die Frage „Was hast du?“ ignoriert sie ebenso wie ihre Rückenschmerzen. Seit ihrem Entschluss hat sie das hochwirksame Medikament mit dem Vermerk „Nur für den Notfall“ nicht mehr angerührt. Sie braucht die Tabletten für einen anderen Zweck.

Endlich ist der Tag des Abschieds da. Während der Vater Mittagsschlaf hält, macht sie sich reisefertig. Danach entnimmt sie der Schachtel mit dem Notfallvermerk zwei Tabletten und gießt Wasser in ein Glas.

„Ich will aufstehen“, empfängt ihr Vater sie. Sie achtet darauf, dass er alle Tabletten hinunterschluckt.

„Nein", antwortet sie, „später. Ich muss vorher etwas erledigen." Sie wartet seine Reaktion nicht ab, sondern verlässt das Zimmer.

Aus Angst, dass die Brüder ihre Pläne vereiteln könnten, hat sich Julia entschlossen, ihnen ihre Abreise erst vom Flughafen aus telefonisch mitzuteilen. Das wird sie in Trab versetzen. Für die Haushaltshilfe, die anderntags kommen wird, schreibt sie eine Nachricht und legt sie auf die Garderobenablage.

Bevor Julia das Haus verlässt, wirft sie einen letzten Blick ins Schlafzimmer. Ihr Vater ist wie geplant eingeschlafen. Sie hebt ein Kopfkissen auf, das aus dem Bett gerutscht ist. Gedankenverloren hält sie es vor ihre Brust und blickt auf ihn hinunter. Wie knittrig und grau er aussieht. Trotz allem tut er ihr leid.

Wenn sie ihn jetzt ...?

Julia erschrickt, der Gedanke bricht ab.

Vorsichtig hebt sie seinen Kopf an und stopft das Kissen darunter.

„Tschüss, Papa!"

Bis kurz vor dem Einsteigen ins Flugzeug versucht Julia, ihre Brüder anzurufen, aber Martins Mailbox meldet „Zur Zeit ist niemand erreichbar", auch Ulrichs Handy ist ausgeschaltet. Mit Entsetzen fällt ihr ein, dass sie das Adressbuch im Koffer verstaut hat. Sie hat die Festnetznummern nicht gespeichert.

Ihr Vater wird bald aufwachen. Er wird sich ängstigen, wenn sie nicht da ist. Sie muss jemandem Bescheid sagen. Unbedingt.

„Ihre Bordkarte bitte!“

Die Stimme der jungen Flughafenangestellten klingt ungeduldig. Julia blickt sich um. Sie steht als Letzte vor dem Gate. Durch die Glasfront sieht sie, wie ein Flugzeug startet. Die Flügel des Riesenvogels leuchten in der Abendsonne. Sie schaut ihm nach. Gleich wird er in einem Meer rosaroter Wolken verschwinden. Julia denkt an ihren Traum mit den Flamingos.

Mit einem Seufzer steckt sie das Handy ein. Sie zögert, beißt sich auf ihre Unterlippe. Dann wendet sie sich der jungen Frau zu.